鄭清文

紅磚港坪

1

短篇連作小說集

日治・殖民篇

目次

追尋文學的極光

——導讀鄭清文《紅磚港坪》

彭瑞金

《紅磚港坪》是鄭清文最後的作品，但顯然是未完成的作品。鄭清文走得有點突然，他去世的前一個禮拜，和文友聚會時，還認真地向在場人士探尋若干台灣歷史事件的細節，都和他的「石世文」系列有關。他一向都是非常注意作品細節的作家，所以慢工出細活，作品量不算多。我在悼念他的文章中說，感覺上，他一直都在寫，只要開口向他邀稿，一定有邀必應，頂多說讓他寬限幾天，有些小細節還要再修改。他走了快一年，不想他的時候會錯覺他還在他的書房裡寫作。記憶沒錯的話，他的「石世文系列」作品，是他退休後就開始構思，動筆迄今恐怕有十年吧！他的寫作步調不急不徐，但節奏明確，石世文系列是個典型。《紅磚港坪》就是「石世文系列」的總體呈現。

李喬是鄭清文的文學至交，很得意地宣稱，自己七十歲以後，還寫了好幾百萬字，想寫、要寫、能寫的都寫完了。言下之意是為老友惋惜，認為鄭清文還有要寫的作品未完成就走了。全面讀完「石世文系列」之後，我不以李喬的看法為然。年輕、甚至盛壯之年的鄭、李二人的文學，都是相同的尋尋覓覓。尋找自己、尋找人生、尋找生命的意義。我曾經說過，李喬在他的「幽情三部曲」，甚至是《散靈堂傳奇》，都已經找到了清楚而明確的答案，我頗能體會他所謂的使命已經完成的心情，因為雙腳已明顯不若從前有力的李喬，心靈、思想上却已經暢行天地無阻。鄭清文不一樣。老年鄭清文，還是不斷地在尋找、在追尋。鄭清文認為，文學就是在找尋自己，尋找人生，那是不會有答案的，或者說人生的答案是存在的，人生的終極答案就像那極光，文學的極光，不是所有的寫作者追尋一生，就必然有幸目睹。

鄭清文自銀行退休後，不知道被多少人問過，他是否還在寫他的畢生鉅作——長篇。問的人可能基於兩種心理：一是，長篇才是一個作家完美的畢生之作，以鄭清文的文學功力而言，那是必然要有的輕易之舉。一是，「石世文系列」給人，「那就是了」的印象。讓關注鄭清文文學的人見獵心喜。據我所知，鄭清文從未給過明確的答案。同樣也是讀過「石世文系列」之後，我才完全瞭解他那微笑不答代表的意義了。一方面，固然是因為他對文學類型的認知和別人不同，他無法預料、預先設定「石世文系列」可能發展的規模，和他的「尋找」理論一樣，連他自己也不知道，何時或一定可以找到那人生或生命的極光。另一方面，大部分的人都認為，長篇小說或大河小說，一定要有歷史或家族史背景。「石世文系列」雖有家族史的影子，也有台灣近現代史的投射，但整個「故事」並不按照家族史或大歷史的脈絡在發展。

「歷史軸心」在這個系列裡，被壓扁了，讀者幾乎看不到它的軸心，但是家族和台灣史的影子卻如影隨形無所不在。在結構上，既不是源遠流長的大河形式，也不是大樹幹式的由根及幹，由幹再分支，更不是建物式的照建築藍圖施工。它比較接近蔓藤式地；不斷地漫渙出來，葛藤交纏，像番薯藤一樣，有它的原始點，一旦藤葉繁茂、不斷地從葉目上分出新枝之後，彼此間既分不出層屬，也辨不出先後，只知道和石世文這個人有連結，連結到他的父、祖、伯、叔、伯母、阿妗、姑姑、嬸嬸、兄、嫂、弟、弟媳、侄子、姪女這些家族成員，也連結到姻親、同事、青梅竹馬的玩伴、上學後的同窗、鄰居、街坊，甚至是社區公園裡一起下棋的棋友、唱歌的歌友、聊天的話友，偶然在公園裡遇見的寫生小女孩，而這些像在蕃薯藤園呈現出來的，平面連結出來的眾生臉譜，又不乏其立體、有歷史縱深的個人生命故事或家族、或家園、或大時代、或某歷史、社會事件的「歷史」，就不只是每一枝分岔出去的番薯藤有故事，而是每一片葉子都可能有它的故事。鄭清文在「石世文系列」，是把每一片葉子當做獨立的生命在找尋。雖然，石世文是主角，但鄭清文不是只說、只找尋石世文一個人的生命故事，而是透過石世文這條藤，把和他同時，也是同空間存在的「生命」，都加以尋思、探索。這樣的「故事」是何其龐大的寫作「計畫」，叫他如何回答它是屬於怎樣類型的作品？也就莫怪他只能微笑以對了。

「石世文系列」的「結構」特色，在於沒預設的「結構」。正如生命之不可預設，順著石世文的生命藤走，誰能預測他的生命會遇上怎樣的人、怎樣的事？鄭清文寫「石世文系列」和一般小說家一旦架構好小說人物的命運，想好了人物、事件的情節，然後依計畫寫作的情形，很不相同。在某種程度上，他可以說是奉行寫實主義的精神，他不寫他不知道的事情，這不是說他的小說沒有想像、沒有虛構，而是另一種寫作態度，鄭清文的寫實主義是「我寫的、我負責」。他負的不是法律責任，而是人道責任，他的文學，他的小說既然是尋找自己、尋找人生，當然就是在尋索生命的真諦，這又豈容向自己造謠、說謊、作假？「石世文系列」的石世文，當然不是鄭清文，石世文是中學的生物老師，鄭清文一輩子都在銀行上班，是銀行家。石世文教書之外，是畫家，鄭清文不畫畫，只寫小說。不過依小說情節推算，石世文出生於一九三二年，在日治時代完成小學教育，剛進入中學，和鄭清文同年。他們都在小時候過繼給自己的表親，都在舊鎮長大。他們活在同一時代、同一空間。他們的生命歷程中，從生長環境而言，他們經歷過相同的人與事。他們同樣出生在勞動家庭，長大後却蛻變為中產階級。這麼多的相同，只是要證明「石世文系列」寫實有據。

歐諾黑．巴爾札克（一七九九～一八五〇）被譽為法國寫實主義文學的開山鼻祖。他在一八三〇年代決心去分析闡明支配人生與社會的各項原則，揭示人類行為產生的各種原因，以及社會因此形成的各種風俗，寫成一套見證一八三〇年代大巴黎生活的《人間喜劇》。「人間喜劇系列」大致上分六大方向：私人生活、（相對於巴黎的）外省生活、巴黎生活、政治生活、軍隊生活、鄉村生活，也就是發動六大寫作收尋引擎去收集寫作題材。巴爾札克的寫作顛覆了過去文學創作、藝術表演只關注帝王、貴族及神職人員的「古典」思維。他的《人間喜劇》，雖然不如預期地寫出一百三十七部，但從一八二九年到一八四七年，一共完成了九十一部，裡面寫到的人物則多達二千四百七十二人。這些人物包括了貴族、官吏、士兵、主教、神父、銀行家、高利貸業者、車夫、乞丐、妓女、女僕……而且從都市到鄉村，從高階到低端，徹底打破了沙龍文藝的褊狹文藝。

鄭清文在「石世文系列」裡的人物屬性，以「三教九流」實在還不足以形容。其實和巴爾札克想藉由《人間喜劇》呈現巴黎的寫作意圖相同，不外是呈現他所經歷的時代和社會，它是怎樣的時代、怎樣的社會，就會有怎樣的人。由於「石世文系列」裡的人物，他們經歷的時間，有日治、有戰後，當它們被「壓扁」來看時，他們只是和石世文的身世，產生平面的連結關係，只是石世文這個生命體的人際網絡的一環，但只要把每一個生命鬆開來看，從各個生命體的生命經歷（史）看，它就可以上天下地，連結出一個完整而立體的時代來，而且「歷時」長遠。我認為這是鄭清文刻意的別出心裁，因為如果刻意或明確地立起歷史發展的主軸，由時代、歷史來看人生，那會被扭曲為操縱或主掌人生和時代、社會的是時間，是歷史，從歷史去解釋人的行為、風格，而不是人，也就不是從人的角度去探索人，還可以稱為人生探索嗎？石世文是整個系列的主腦人物，但他既缺乏英雄事蹟，也沒有坎坷的人生際遇，作者也無意將他塑造成悲情或英雄人物，作者只是以他作為整個系列的連結點，就是在暗示他想呈現的是大時代的故事，而不是某一個人的故事。石世文經歷的時代，也是作者本人經歷的時代，但寫的不是歷史，只是人的生活。

從石世文連結到虬毛伯，連結的就是像李姓家族這樣的、跨越戰爭和戰後世代的家族生活風情，但也由家族輻散出去，成為那個世代社會共同的生活風情。而李家或社會的世代相傳，又把李家和李家周邊的親友、鄰里街坊，甚至不甚相關的路人甲乙，將之立體化為一個時代或一段歷史。巴爾札克完成九十一部《人間喜劇》，並不是整齊的系列小說，有的還被歸類為隨筆，意謂只是隨手記下的人間故事，小說也是有長有短。不去特意用力加工的生命故事原型，不都應該如此嗎？不才是生命現象的「真相」嗎？《人間喜劇》如此，「石世文系列」也是如此。稱之為「石世文系列」是要接近作者寫作的真實情況，此系列非彼系列，和「系列小說」的定義並不相同。「石世文系列」的瑣碎問題，完全肇因於作者的表現觀念，試問活在同一世代甚至同一個家庭的人，就必然有生命的連結，會碰撞出生命火花？有值得記述的生命故事？萍水相逢的陌生人，就不可能擦出生命的火花嗎？

從長長的生命之旅去看（石世文至少是從一九三〇年代活到二十一世紀的人），有的是血脈根源或姻親關係相繫的親人，有的是互動良好或沒有互動的街坊鄰居，兒時戲水，玩朴子管的玩伴，一起到馬場町看被槍決的政治犯屍體的同學，戰時家人遭米機炸死的孤女，開麵攤的，混黑道的，當神棍的，銀行裡性騷擾下屬的上司，因失戀殺光理髮師一家人的副排長，被人連續故意撞死的掃街老夫妻，戰爭時的三腳仔，戰敗的日本人，二二八事件，白色恐怖，山豬坑事件，唐氏症，留學回來的法學博士不守法，魔神仔，算命，趁食查某，西方繪畫史，台灣老畫家和他的畫，校園之狼……如此列下去，還會有一長串的，出現在「石世文系列」裡的人、事、物。不過僅就上列就足以見識系列不僅無法分類排列，也無法輕易裡出頭緒。雖然所有的一切都是從石世文這個人輻散出去，但石世文不是這些人也不是這些事的軸心，更缺乏有機的連結。連結這些人和這些事的，只是石世文生活、存在的空間。如果從長篇歷史小說或講究小說結構的系列小說概念去看「石世文系列」，會有找不到頭緒的困惑，當然也會迷失在「石世文」這個人物的身世探祕的迷宮裡，但如果只是以翻閱時代（也是特定世代）風景圖的心情來翻閱石世文同時代人、經歷的歲月風情，又能鎖定和系列故事場景相同的地標。那麼，每一翻頁都可以連結出一篇讓人或會心一笑，或齜牙怒斥，或血脈賁張，或仰天長嘆，或垂首啜泣……的共鳴，系列不是主觀、預設意識形態或立場去表述，而是客觀且刻意隱去作者個人意識的許多人、許多事的亂集合。鄭清文可以說是有意地不提供他個人對歷史，包括人物事件的解讀，他要讓讀者自己去感知。所以，「系列」沒有主角，但每一個出現的人物都是一個角色，也都只上演他演出的部分，讀者不必問，某個書中人物的來路，也不必問某個書中角色的去蹤，他（或她）就是真實出現在「系列」的時空。同樣的，書中出現的事件，也沒有大事、小事，或主要事件次要事件之分，它就是真實出現在「系列」人物並存的時空。

四十年前，我第一次評論鄭清文小說，用的是「大王椰子」的意象，代表我對他的作品的理解，靈感來自他的一本小說集《校園裡的椰子樹》。但椰子樹有很多種，我拜曾經在台灣最南端鄉鎮的最高學府服務之賜，知道校園裡的椰子樹，絕大部分是不結椰果的大王椰子。很多比較「年長」的樹園，甚至公園，還有屏鵝公路的兩旁，都以大王椰子為行道樹。圓柱型的樹幹，宛如水泥灌注的電線桿，動輒兩、三層樓高。維基百科說，大王椰子學名王棕，高可達三十米，一九〇一年，由日本人引入。比較令人訝異的是，樹幹沒有分枝，上下粗細幾乎一致，葉子像筍殼一樣，瓜熟蒂落時會自然剝落，開花結果乏人注意，自然也乏人照拂，它就這樣直挺挺靜默地長在路邊、道側，經歷酷暑寒天不稀奇，就算颳颱風、大地震，它也沒有倒下，平時誰也不在意它的存在，發現它時，往往都是存在數十年的老欉，越看越令人敬畏，它是怎樣的「生物」可以這樣靜默挺立數十寒暑「不動」如山？越想越令人心中發毛，它是怎樣的「怪物」，可以這樣強韌地矗立人間？神木之所以為神木，是因為它長在人跡罕至，雲霧繚繞的仙境，設若不然，早已被當柴燒了，或是化為桌椅櫥櫃；大王椰子混居人間的能耐，連神木也不及。

雖然，後來學界和評論家都相襲以冰山理論詮釋鄭清文文學，多半指的是他用語簡省、表現素樸，讓人看得到的只是冰山一角，水面下百分之九十的，都被他藏了起來。我認為這只是他的表現手法，他本來就不是習慣用長篇累牘表達自己意見、想法的人，言簡意賅是他的表現手法與特色，如果冰山理論被詮釋為他思想上的藏私，就是誤讀了。據我所知，鄭清文那一代的台灣文學人，多少都有台灣文學宣教師的使命感，只有恨不得使出渾身解數把台灣文學宏揚出去，豈有藏私之理？在文學意象上，我認為大王椰子更為有理，它始終就是無遮無掩，昂然挺立在那裡。「石世文系列」的輕描淡寫，秉持的是鄭清文一貫的文字風格，只有用心體會他那大王椰子般的堅韌，才可以了解鄭清文終極的文學追求。

「石世文系列」除了壓平整個系列故事的時間軸，避免閱讀者對其「歷史」有過多的聯想，以還原每一棵大王椰子的生命位置外，鄭清文也刻意在人物的空間關係上予以淡化，以保持各個生命體的獨立存在，但並不表示這些故事是散裝的。他只是避免閱讀者便宜行事隨便撿一張舊鎮史、一張家族史、一張民族史、一張國族史之類的大包裝紙包起來，他採用的是小包裝。「皇民化時期的教育」是一張，「一九三〇年代出生的舊鎮人的童年、童玩、童趣」是一張，「二二八事件及其周邊」是一張，「白色恐怖及其周邊」是一張，「同學會」是一張，「公園即景」是一張，「台灣畫家及其畫作」是一張，「重逢十五、二十歲時」是一張、「小舞台」是一張……和系列被壓平壓扁的時間軸一樣，它形成了可以無限延伸的小說結構發展機制。系列中，每一個人物（和石世文的連結）和每一個人物生命的時間斷點，都具有再延伸的平台和機制，但它也可以就是斷點或終結的句點。像阿米巴一樣，是購成生命的基本元素，整體又是一完整的生命體。

以「虯毛伯」為例，它可以從〈童伴〉、〈土人間〉、〈阿子〉、〈大和撫子〉、

〈李宗文〉、〈李元玲〉……接出整個日治時代出生的一代人的童年，以及他們在戰後一生的發展。像李宗文在戰後商戰場上的爭逐，李元玲想進入學界發生的〈狼年紀事〉，〈大和撫子〉川口秀子代表的女性生命滄桑，〈童伴〉阿水、阿盛、陳明章、黃錫坤、金星、阿美……構成的終戰前後的舊鎮人的生命史，沒有一個不是可以繼續延伸出去的生命故事。隨著「石世文」這號人物的生命史推進，路上會有生命、故事，不斷地湧現，「系列」的沒有架構的小說結構，儼然已是無限龐大的寫作架構，但它也不是一座沒有完工的建物，每一個生命故事都有清楚的斷點，就每一個斷點而言，都是一個完整的生命故事。系列的每一個斷點，都留給閱讀者意猶未盡的無限遐思，就是鄭清文一貫的風格。如果有人想問他，故事的續集是什麼，他一定會回答，人間故事豈能說得完？

鄭清文在構想寫作「石世文系列」之前，就對系列的形式和內容，有了充分確切的掌握，不是隨興所至地任意寫。證據是他在序曲就讓石世文的姪女李元玲讀中文研究所碩班的研究題目定為〈《十日談》和《聊齋》的比較研究〉。我讀到這裡，不由得向鄭清文豐富的學養脫帽致敬。這兩本文學名著，一本是說不完的人的故事，一本是說不完的鬼故事。一本是西方文藝復興時期的代表作，一本是中國文學不問蒼生問鬼神文學的標竿。個別是人的故事和鬼（狐精、仙、妖）的故事就可連結成兩部巨著，沒有人會說《十日談》或《聊齋》是一部未完成之作，也沒有人說它們不可以無限擴充下去，「石世文系列」正是這樣的理念下形成的作品型態。

不過，鄭清文的「石世文系列」裡的人的故事，都烙有「台灣」二字的浮水印，一定都是發生在台灣歷史裡和台灣這塊土地上的人與事。這個印記是標示作者自己存在時空位置的標記，強調自己做為一個台灣作家關心的是台灣人與台灣事。他寫的不是泛人間的故事，即使他寫的這些故事經得起普遍人性的檢驗也經得起時間的考驗，也不會影響、改變他是一生都堅持只說台灣故事的台灣小說家事實。也許，鄭清文和所有偉大的小說家都一樣，一生的寫作都難免有或短或長的寫作歲月，躑躅在尋尋覓覓，尤其是鄭清文，一生從不對自己的寫作內容夸夸而談，也從不向人預示自己的未來寫作計畫是什麼？只是默默不急不徐地寫，套一句文友的話：鄭清文可惜了，還沒有寫出一部畢生代表作。我沒有仔細追究，指的是他的大部頭長篇，還是人稱的大河小說？相信讀了「石世文系列」的人，都會了解鄭清文在這個系列裡對文學、小說定義、形式的追尋，得到了怎樣的終極答案，可能就不必為他的文學抱憾，應該為他慶幸他晚年最後的終極之作，已然為他的文學找到了極光。

彭瑞金，靜宜大學台灣文學系退休教授。

紅磚港坪的走讀

楊富閔

鄭清文的小說風格獨樹一幟，將近六十年的寫作路走來，學界早已積累相當豐沛的論述文字，國內外諸多文藝獎項的肯定，在在說明鄭先生創作的經典意義。一名作家持續創作超過半個世紀，從一九五八年於《聯合報》發表〈第一課〉以降，直至此刻抵達我們眼前三十萬餘字的《紅磚港坪》：我們應當如何綜觀他的文學生命與寫作故事呢？《紅磚港坪》的適時出現，可以說是二十一世紀重新理解鄭清文創作的轆轤性作品，它在鄭清文創作脈絡具有超越「遺作」、「未完稿」等分類的位置意義，而定錨「紅磚港坪」作為全書命名亦相當精準，卻非一個斷點，它倒像一趟文學生命的走讀行程：我們可以於此出發，沿岸聆聽鄭先生說故事；可以乾脆縱身躍入河心體會水線高低，鄭的多少人物於焉登場、從此離去。《紅磚港坪》整部小說的結構得以成立，與小說家如何想像設計此一不尋常的場景，關係尤其密切：

大水河，公會堂那一段的港坪，也就是堤坡，呈ㄣ型。上面一段是較長的斜坡，中間有一條順著河流的通道，下面是一段較短，也較陡的斜坡。斜坡很特別，都是用紅磚串成的。（《紅磚港坪1》，頁二〇九）

紅磚港坪，外觀特殊，小說家反覆書寫，再三強調，它每每讓串流的故事都因有了港坪得到喘息，只是紅顏色的斜坡面，它將形成一種怎樣的視角呢？閱讀《紅磚港坪》即可發現，故事與故事之間其實總有故事，而故事也有屬於自己的故事，如同曾經漫漶但總有自己水路要走的大水河，我們必須學會放心跟隨鄭的敘事節奏，登上紅磚港坪，方能經由小說家的文字視線，走入這部以石世文為核心，時間跨度極大的舊鎮滄桑備忘錄：

公會堂的南側，流著大水河，在紅磚港坪的上方，種有幾棵大樹。從西端，也就是從媽祖宮通往河邊的大路那邊算起，有朴子樹、大榕樹、苦楝、榕樹、鳥屎榕，還有一棵已枯萎，只剩下半截樹幹的樟樹，和一棵合歡。

在樹下，放著一排石椅條，可以觀景，也可以坐涼。在大榕樹下，還放著一些石柱和石碑，是修建媽祖廟時，移到這邊來的。

坐在石椅條上，可以看到海山郡，也可以看到台北市。前幾天，就有不少人在這裡看著台北市遭到轟炸，起火燃燒。（《紅磚港坪1》，頁二五〇）

《紅磚港坪》的故事背景橫跨戰前戰後，小說家處理戰前戰後的敘事筆調並不相同，讀者不妨加以比較；而熟悉鄭清文的讀者，很快也得以在《紅磚港坪》找到諸多類似的題材、熟悉的形象、經典的場景；有趣的是，這些原本散落報刊雜誌的故事，因著「成書」而匯流來到《紅磚港坪》，當下彷彿我們（包括鄭先生），跟著一同站在河堤見證六十年來舊鎮、沙洲、大水河等書寫，它在小說家筆下的歷時變化。換言之《紅磚港坪》於我而言，更像一名做為台灣小說家關於「何謂創作」的一場自省，是我們喜愛的鄭清文在回望「小說家鄭清文」的寫作筆路，是一個關於怎麼寫的展現；也是一次關於寫什麼的集合。如此理解小說家何以將石世文做為醉心繪畫的身分設定，也就有了更為飽滿的象徵意涵：小說家對於人物寫作的傾心，與石世文對於畫人的理念其實遙相呼應；而做為「過繼子」的家族身分，與其漣漪擴散的人事牽絆，情場糾葛，乃至歷史暗喻，也就增添情節更具思辨的解讀空間。

眾所皆知，鄭清文的敘事語言相當節制，許多故事戛然而止，杳無水痕，小說家的點到為止，誠如他所私淑的冰山理論，有著一以貫之的美學信念，而紅磚港坪此一地貌無疑是方法論的再提升，新作我們可以藉由石世文的一次回鄉奔喪，她與舊識月桃來到堤岸，上與下之間，小說家給了我們觀看這部巨作的線索：

「這紅磚坪，一直伸入水中？」
「沒有錯，下面也是紅磚坪，一直到河底。水雖然不是很乾淨，不過洗過的地方顏色還鮮明。」（《紅磚港坪2》，頁五〇一）

水面之上是紅磚坪，水面之下還是紅磚坪。作為支撐鄭清文創作的新的方法論，它統合了過往我們熟悉的大水河意象，也內建了一組關於谷地的視角。深入水中的紅磚色提示了水勢的起落，生活經驗的提煉知察、生命最難以言說的，那些不能名狀的各種名狀，褪色中的紅磚仍是歷歷在目——差別是水色不再清晰。這顯眼的不常見的紅磚色，傾斜的四十五度，成為推動情節的重點地景。三十七萬字一路讀來，我們知道行到紅磚港坪得以遠望將臨的轟炸機，它能夠指引你判斷台北的方向是在哪裡；港坪上還能看見空襲過後的總督府，以及鐵橋上的白煙火車，當年嬉鬧的朴仔樹，朝鮮婆仔正在走來，還有石椅條上的呂秀好、林里美……

鄭清文藉由《紅磚港坪》寫活了諸多女形人物，全篇讀來我最揪心卻是做為過繼子的石世文，與其心理狀態的幽微變化。同名篇目〈紅磚港坪〉寫到石世文回到舊鎮參與阿雲姊的喪禮，他與阿雲姊當年一同過給了阿舅，然而此刻前來執行封釘儀式的卻非石世文，而是生家的親生大哥李宗文。換言之，過繼身分不單只是人物背景，而具有觀點設定的殊異功能；紅磚港坪曾有他們兒少嬉戲的身影，流轉在世文、宗文、友文之間的手足心事，以及世文如何找到做為過繼的發聲立場，小說家看似輕輕帶過，對於理解世文的心理狀態其實幫助甚大，同時也與開篇建造家族墓的精湛描寫連成一氣，成為全書系列創作耐人尋味的一道伏流，值得我們繼續探究。

鄭清文先生是我最欽佩的台灣小說家，他那句台灣作家要有信心，時常迴盪在我的耳際。回想這份文稿厚達一千多頁，放在我的背包陪我南下北上，半刻不敢鬆懈，我幾乎不捨得將它一次讀完，讀完某個章節，我就溯流而上，找出系列過往鄭的相關作品，如此看完《紅磚港坪》，竟已近乎看遍鄭先生的創作。突然我就察覺：會不會這正是《紅磚港坪》最理想的讀法，每個章節都像生命切片，讀者得以任意行走，拉出線面，動態地看到一張龐大且複雜的故事地圖，看到舊鎮故事的變與不變：

> 河的對面已經變了，而這邊也將改變。會怎麼改變呢？
>
> 紅磚港坪就要消失了。從舊鎮消失，從他的記憶裡消失。他走過台灣的一些地方，好像只有舊鎮有這種紅磚的河堤，其他的都是用竹籠或鐵絲籠裝石頭做成的石籠。實際上，舊鎮，從媽祖宮前面的通道走過來，有一段石階，上游也是石籠。如果這是台灣唯一的紅磚斜坡堤，也將要永遠消失了。（《紅磚港坪2》，頁四九五）

紅磚港坪不會消失。好幾年前我在台大後門，巧遇以傘為杖的小說家，那時我是名年輕的碩士班研究生，不知哪來勇氣，跑去向他搭訕，一問之下，這才知道他正要去的地方，正是我剛下課的台文所。我主動說要陪他走路，短短幾分路途，忘記我們是否有所交談，我的情緒十分雀躍卻是真的。如今倒像鄭先生引領著我重返小說現場，攀上紅磚港坪，連帶回顧起了他那創作生涯的過去到現在。閱讀《紅磚港坪》心情多次起伏，我何其幸運得以逐字逐字的讀，並與他對小說藝術終其一生、努力不懈的精神對話。我也可以寫六十年嗎？這才發現鄭先生早已沿著港坪走遠：大水河前、正榕樹下，石椅條上他安安靜靜坐了下來。

楊富閔，小說家，台灣大學台灣文學研究所博士候選人。著有《花甲男孩》等作品。

序，和幾點說明

鄭谷苑

大約二十年前，我的爸爸鄭清文從華南銀行退休了，很高興有更多的時間來寫作。低調的他，安靜的跟我說：「我一定要寫，有些東西只有我能寫。」從那時候，他不斷的構思，收集查證資料，和寫作。在過世前幾天，他還跟我說：「我還有二十幾個故事可以寫。」在整理他的文稿時，除了《紅磚港坪》所收錄的文章（大多是已經發表的）之外，還有只有構想的、有大綱的、寫一半的，還有幾乎完成的作品。無論完成與否，這些都是爸爸心中，他應該要來寫的東西。

他說「只有我能寫」的意思，和他描述自己成為作家的文章〈偶然與必然——文學的形成〉有類似的想法。那篇文章，主要是講根據成長時代背景、語文能力、求學、就業等人生歷程，表面上看來，他能夠成為一個作家似乎只是一件偶然的事，其實裡面有其必然性。而他退休之後「一定要寫」的，是從日治時代，經過二二八、戒嚴、白色恐怖、解嚴，到現在，台灣這塊土地和人們，所經歷和面臨的種種生命歷程。他認為自己夠老，能親身經歷這些時代，卻又夠年輕，他的語文能力足以用小說的形式來表達。「我的文學屬於台灣」，這是他得到國家文學獎時的致詞。而這，也是他對深愛的台灣，沒有選擇，必然要完成的工作。

雖然要寫的，是跨越幾個世代的複雜又大量的內容，但是他從一開始就沒有想要寫一個「長篇小說」。短篇小說是他最擅長的形式，也是他認為最合適的形式。他沒有寫完就過世了，當然很可惜。但是我想，就算他再活二十年，把所有想寫的都寫完，應該也就還是一個短篇小說連作的形式吧，不會是一個長篇。這才是鄭清文的做法。

在過去三十多年，我和爸爸每天聊天，我會問他：「今天做了什麼？」他會跟我說，看到某個事件或某個人，讓他覺得可以寫，要怎麼寫。或是今天想了一個什麼大綱，或是寫了初稿，或是已經半完成，可以給我看了。對我而言，他的每一篇作品，就是這樣慢慢成形的。他的作品，從來都不是畢卡索〈格爾尼卡〉這樣巨幅的大作。每一篇，都是一塊精緻的馬賽克磁磚，拼貼成台灣的故事長河。

在寫作的技巧上，爸爸喜歡用「呈現」的，不喜歡用「說明」的。他在多次演講中，他也說自己喜歡showing，不喜歡telling的手法。《紅磚港坪》就好像爸爸帶著讀著，走過這些歷史，走過這些土地。用showing的方式，對讀者說故事。

爸爸走得突然。但是很慶幸在他的整體架構下，大多數重要的作品都已經完成了。所以《紅磚港坪》收錄的作品，連後記的〈日出〉，共有四十篇。其中〈家庭會議〉、〈捉魔神仔〉、〈蚵仔麵線〉、〈紙飛機〉、〈夏子老師〉是已經完成未發表的。而〈小舞台二〉和〈日出〉這兩篇是未完成，由我根據他的筆記和半完成的稿件，來完成的。

在這些作品中，爸爸和我說過最多次的，應該是〈重會〉。他本來的題目是〈饑餓地獄〉。爸爸和我都很喜歡這個題目，但是最後在《文學台灣》發表時，改成了〈重會〉。喜歡「饑餓地獄」這個名字，是因為它很強烈，和很有畫面。張杏華的二哥是白色恐怖的受難者。被冤枉要槍決前，因為含冤憤憤不平，所以不吃行刑前的最後一餐，把一碗飯打翻在地上。他媽媽認為浪費食物的人，要下到饑餓地獄去，受到永世的懲罰。媽媽認為兒子在饑餓地獄受苦，所以也故意浪費食物，這樣她死後就可以去地獄，再見到兒子，甚至可以救兒子出地獄。鄭清文用這樣的故事，來表達對白色恐怖的抗議，對母子親情的悲憫，甚至對傳統信仰的質疑（所以在〈日出〉中，石世文向蔡文鈴說，也許她的二舅並沒有在地獄）。而〈重會〉這個標題，比較內斂，也比較符合爸爸的個性。

很多人都知道，鄭清文並不是一個多產的作家。《紅磚港坪》和其他很多未完成的故事，總共加起來的字數，也不到五十萬字。但是每一篇都是他細心思量，修改再修改的作品。每年過年，他會稍稍休息，不寫作。到了大約初五，他就會跟我說：「糟糕，已經五天沒工作了，已經七天沒工作了。怎麼辦。」我都會安慰他說，過年可以放假到元宵節。除了這段時間，他每天都是開心的讀書、構思、寫作。他走得突然。也許，做為一個作家，這是幸福的。因為到了生命的最後，他都還是充滿創作的能量，每天都不間斷的寫作。

當然，作為一個讀者，我心中充滿惋惜。他跟親近的朋友說到，他要來寫「鹿窟事件」。我也看到他已經收集好的一些資料。我不禁自問，不知道他寫出來的「鹿窟事件」會是如何有趣的作品？但是，爸爸寫作從來不缺題材。我想，就算他再活二十年，還是不會有「寫完」的一天。所以，所謂的惋惜，看來也是我的人生無可避免的一個必然。

鄭清文作品的特色之一，就是文字的精煉，有時候連情節也相對簡單。有評論家說他的作品「因為簡單，所以它可以含蓄得更多」。但是常常還是有讀者會問他有關作品的問題，想要他多做說明。有一次，我跟他說：「為什麼讀者要問你，其實你有畫一條虛線呀，就跟著虛線自己想，就知道了。」爸爸很喜歡這個說法。後來，有時候被問到，他就會跟對方說：「請跟著虛線走。」爸爸寫作了五十九年，留下很多作品。至於沒有寫完的作品，就請大家跟著虛線走。虛線，無限延伸。

鄭谷苑，中原大學心理系副教授，鄭清文女兒。

紅磚港坪（1）

序曲：虬毛伯

家族墓

「會落雨嗎？」

大伯問，身邊站著新的大姆。

「中午以前不會落。」

建墓師抬頭看看遠外山頂，有白色的雲翳竄了上來。

墓地散布在低山四分之一的高度以下的山坡上。墓地裡，擠滿著墳墓，有大有小，四周長著雜草，只有零星的矮樹。

阿公，鎮上的人叫他虬毛伯，因為他有一頭捲髮。

這是阿公的墓地，拾骨以後，改建成家族墓。

建墓師把菸蒂一丟，用腳踩了一下，看看還有些煙，再踩了一腳。

墓地下面，是一片稻田，是一片綠色，第二季的稻子，已長到一尺多高了。

一部計程車在墓地入口處停下，一個穿著深灰色衣裙的女人下來，匆匆越過墓地和稻田之間的小路。

那是大姑。

「這時候也塞車，不像話。」

大姑已滿身大汗，一邊急喘著氣。

大伯和父親商量，決定為阿公拾骨以後，在阿公舊墳地點，蓋一個家族墓。墓已蓋好，今天要把先人的骨甕移過來。骨甕有五個，曾祖父母、祖父母和大姆的。

阿祖貧窮一輩子，從小到處流浪，有時打零工，有時擺攤子，或做流動販，賣番薯、賣土豆，或杏仁茶等。其他，更早的墓，找不到了。因為阿祖並沒有告訴阿公。

家族墓有一點像土地公廟，比小型的土地公廟大一點，比中型的小。

家族墓的內層是階梯式，有五層，每層可放八個骨甕。

以前，家族的五個墓，分散在不同的地方，每次掃墓，幾乎要花一整天的時間，東西奔走。

這次家族墓完成，重新安置骨甕，父親和大伯商量過，要不要請二伯。二伯已過繼給舅公，已改姓石。實際上，阿公最疼二伯，阿公是船伕，二伯小時候也時常上船找阿公，有時還會和阿公在船上睡覺、過夜。二伯和大伯，以及和父親的關係，完全維持著親兄弟的情誼。

二伯，以前叫阿公姑丈，後來就跟大伯、父親他們叫阿丈。那時候，在農村或小鎮，還有人不叫自己的父親阿爸，而叫阿丈或阿叔。

要請二伯，就要請大姑。

大姑大二伯將近十歲，在二伯還沒有出生之前，已先過繼給舅公了。因為舅公一直沒有小孩。

大姑對舅公很不滿，舅公死後，自己去公所，把姓改回來，不再姓石。

大伯按照建墓師的指示行事，點了一把香，分給大家。

「怎麼不寫『隴西』？」

以前，在墓碑的上面，在顯考的兩側，都刻著「隴西」兩字。這次，新的家族墓上刻的是「李家墓園」。

「大姊，妳知道『隴西』兩字代表什麼？」

父親問她。

「代表李家呀。李家的墓不都刻著『隴西』二字，表示我們的祖先是從隴西遷移過來的呀。也就是我們的祖地呀。」

「妳知道隴西在哪裡？」

「在大陸呀。」

「大陸的哪裡呀？」

「……」

「元玲，告訴大姑隴西在哪裡？」

「在甘肅。」

「在甘肅……」

「妳知道甘肅在哪裡？」

「好了，好了。你們讀書較多，就要欺負人。反正，我也不會埋在這裡。」

大姑說，轉頭過去看看小姑。

小姑丈回中國去了，一年回來一次，回來領退休金，而後再去中國。在台灣只住四個月，也就是在中國的時候有八個月，佔了五分之二。聽說，在那邊還有二個哥哥和一個妹妹，父母在他可以回去之前，就已過世了。他回去，還為他們建造一個家廟。

「妳會埋在這裡嗎？」

「不會。不過，我也不知道要埋在什麼地方。」

小姑說，低下頭。

建墓師依序把五個骨甕放到墓屋裡。最上面的是男女二位阿祖，旁邊兩側是阿公和阿媽。男女阿祖是放一起的，阿公和阿媽卻分在阿祖兩側。他們為什麼不放在一起？

依照建墓師的說法，這樣才能放更多的骨甕。如果一代一層，只能放五代，阿祖，阿公和阿姆，就已佔了三代，剩下的，只能供應兩代。

不是放在阿媽旁邊，另外一側，阿公的旁邊留了一個位子給大伯。

那新的大姆呢？

大伯和新的大姆，現在住在一起，不過他們並沒有辦理結婚登記，在戶籍上並不算是正式的夫妻。實際上，他們都是再婚，大姆有自己的子女。

「我們要住在一起，要互相照顧。」

大伯和大姆都這麼說。

「怎麼這麼小？」

大姑看著右邊，不遠的地方，有一座很大的家族墓，看起來像廟宇，有中型的土地公廟那麼大。

「原來的地，只有這麼大。」

父親說。

的確，周圍都是墳墓，緊緊靠在一起，無法擴大。

「有夠了。裡面有四十個位子，現在子女少，四十個位子，不夠十代，也可以用八代了，一代二十五年，也二百年了。有夠了。」建墓師拚命說，又點了一根香菸。

二伯話最少，從頭到尾，幾乎沒有表示任何意見。二姆沒有來，因為堂姊在美國生產，她去照料了。

不過，元宏堂哥有來，還帶了女友來。元宏堂哥曾經帶女友來看過母親。二姆出國前有交代他，叫他有事要找三嬸，也就是母親商量。他預定要在九月間結婚。

大伯的小兒子，元德堂哥生病，沒有參加，他的大兒子元福堂哥有來，還帶來了兩個小孩，一女一男來參加。

我的大哥元昌，當導遊，目前人在日本。二哥元裕，在美國讀書。

「小心喔。」

大堂哥的兩個小孩，在墓地裡跑來跑去。那個小男孩已跌倒三次了。

「姊，妳將來也要放在這裡？」

「我才不。」

「為什麼？」

「我是女孩子。」

「為什麼女孩子不可以？我們不是一家人？我們不能像阿祖他們，放在一起？」

「大概是吧。」

「姊，我的狗狗死了，要放在裡面？」

「也不行。」

「為什麼？」

「牠不是人。」

「呃。」

他應了一聲，看來，他還是不懂。

「元玲，妳讀什麼？」

上香之後，大姑他們在燒紙錢，二伯忽然走到我的身邊問我。

二伯最像阿公，有一頭虯毛，人也比大伯、比父親高大一點。

「中文研究所。」

「碩士班？」

「對。」

「師大？」

「對。二伯也是師大畢業的？」

「對，那時候叫師院。妳的論文寫什麼？」

「《十日談》和《聊齋》的比較研究。」

「什麼？」

二伯顯然有點吃驚。

「為什麼？」

「自從上研究所之後，我一直想著一個問題，中國傳統文學，在世界文學中，佔什麼位置。」

「快來燒銀紙了。」

大姑轉頭過來，喊了一聲。

「妳，以後要教書？」

「對。不過，如果可以，我還想攻讀博士。」

「要走研究的路？」

「我也曾經想過，也許，我也可以嘗試創作。」

「妳的計畫真不少。」

「二伯，聽說你喜歡畫畫？」

「妳怎麼知道？」

「母親說的。」

母親和大姑他們在燒銀紙，銀紙的紙灰揚起在空中。

「二伯，你畫什麼？」

「海報。」

「什麼？海報？」

「電影院的海報，也叫看板，就是把印好的小海報，畫成大海報，掛在電影院上面。」

「呃。」

我有點意外。

「不過，那是以前的事了。」

「現在呢？」

「主要是畫靜物，畫風景，也畫人物，不過不多。」

「畫插圖嗎？」

「還沒有想過。妳為什麼問？」

「我說我想創作，想寫劇本、小說。其實，我最想寫童話。」

「真的？妳寫童話，我可以幫妳畫插圖。」

「真的？」

「當然是真的。不過，那很不一樣。」

二伯說，從口袋拿出紙和筆，迅速畫了起來。

「妳看。」

二伯畫了一隻螞蟻，有動作，有表情，看起來好像在指揮，額頭還灑下汗水。

「二伯，你好像在畫我？」

二伯只是笑著，沒有回答。

「二伯，我已決心要寫童話，你一定要幫我畫插圖。」

「好呀。」

「快收好，可能要落雨了。」

建墓師說。山頂上的雲，已罩到頭上來了。

四股尾

「水鬼。」

一個小孩，看著大水河的水面喊著。

從媽祖宮向大水河，走到路的盡頭，有一段石階，石階下去，就是河面。以前，水較深的時候，這裡是舊莊的碼頭，有較大型的船停靠這裡，在這裡裝貨、卸貨。

幾乎是每天晚上，十點以後，大肥龍會在石階下的水裡泡水。他是新觀巴士的司機，收班以後，就會來這裡泡水。他有高血壓，聽說，泡水可以讓他舒服一些。

他靜靜地泡在水裡，只將頭伸出水面，有時還用毛巾蓋著頭。

「水鬼。」

那是夜靜的時候，人已少了，只有石階兩側的下水道的水流進河裡的聲音。那時，偶爾會有和大人一起的小孩看到伸出河面的人頭，這樣叫起來。

「姑丈，你有遇著水鬼？」

石世文問虬毛伯。

石世文喜歡去渡船上找虬毛伯。虬毛伯是他的生父。

「有呀。」

「水鬼像什麼款？」

「和人同款。頭鬃很長，泡在水裡，散下來。」

「水鬼會驚人嗎？」

「會驚人。你要對伊好。」

「安怎做？」

「你飲酒，在水中滴二滴，你吃菸，將菸放在船邊。菸不能落入水中。有土豆，也可以丟一、二粒，一、二粒就好，不免多，心意好就好。」

「什麼所在，會看著水鬼？」

「四股尾。」

大水河是由南流向北，到了舊莊，做了一個大轉彎，改向東北。舊莊在北岸，四股尾是浮洲的一部分，在浮洲的北端，隔著大水河，和舊莊相對。

浮洲的四周繞著河流，西側是大水河的主流，東側是支流，不過支流來到四股尾，要流入大水河的地方，分成四股。這麼分，因為是沙地，水道時常轉變，沙地較鬆，有許多流沙，曾經有人陷進，被水淹死。

阿鳳是舊莊的人，嫁到浮洲去。浮洲又稱番仔園，全部是河沙堆積而成，土地又鬆又肥，適合種植甘蔗、土豆、番薯和蔬菜。有的還種竹筍。

在戰時，台灣的女人能游泳的並不多。阿鳳就是其中一個。

番仔寮*屬枋橋，和枋橋只隔一條河。番仔寮的人口不多，和枋橋之間的交通，除了火車以外，只有在上流有一條橋，可以通行各種車輛。它和舊莊雖然只隔一條河，卻完全無法交通。

阿鳳的娘家在舊莊，因為番仔園和舊莊之間沒有渡船，要回舊莊，只有走火車橋，不然，就必須經由較上游，較遠的路。

四股尾，除了流沙以外，最有名的就是蜆，又大又黃的蜆。水清的地方，蜆殼是黃

＊原文同時使用「番仔園」與「番仔寮」。查證發現「番仔寮」可能是靠近現在新莊某個不再使用的地名。也可能與「番仔園」是相同的地點。

的，水濁，蜆殼就會轉黑。所以，這裡的蜆，又大又黃，是做剁蜆的好材料。剁蜆就是用刀將蜆殼剁開，再用蒜頭醬油浸泡。

阿鳳的丈夫叫阿祿。他未被日軍徵召去當軍伕之前，除了種一點土豆、番薯和蔬菜之外，也會去四股尾抓蜆。開始，他一個人，後來也帶阿鳳去。阿鳳也因此學會了游泳。

在那裡，最可怕的是流沙，河裡有流沙，岸上的沙地也有流沙。阿祿教她，碰到流沙，人先躺下來，尤其在水中。

他們抓蜆，是用一種鐵扒子，前面是齒狀的扒子，後面是網子，他們在河裡一扒一撈，因為河沙很乾淨，很快濾掉，剩下的是黃橙橙的蜆。

阿祿出征以後，除了農事，阿鳳也會一個人去扒蜆。番仔園都是沙地掘地容易，土地也肥，不用施肥，所種的，也以番薯和土豆為主，採收也沒有很大困難。

阿鳳回娘家，喜歡抄近路，也就是從四股尾游水而過。大水河的主流，河面很寬，她是游過支流，再沿著沙灘到渡船頭坐渡船回去。那邊的沙灘上長著菅芒，也有竹林，人也稀少，有時她會脫光衣服，游過了河再穿上。不過，除非急事，她多利用晚間。

過河的時候，為了安全，她會帶一個木盆，也可以放衣服和東西。回娘家，她都會帶一些土豆或番薯回去。到了戰爭末期，物資缺乏，這些都是很珍貴的食物。有時，也會帶去一些現抓的蜆。蜆也可以煮薑絲湯。

除了木盆，她也會帶一根竹棍，兩三公分粗，不到兩公尺長的竹棍，可以探沙灘的虛實。也可以防範野狗。沙灘上很荒涼，時常有野狗出現。

阿祿去海南島，不到一年，就戰死了。聽說，並不是因為打仗，是死於馬拉利亞，也就是瘧疾。他是枋橋第一個戰死的台灣人，日本政府有意將他厚葬，做為示範。他們將他的骨灰裝在木盒子，用白布裹住，讓人送回來。郡守和街長還帶了官員親自去火車站迎接，另外，還動員了學校的教員和學生。

阿祿死後，阿鳳回娘家的次數也多了。她母親怕她在家裡想阿祿，傷心過多。

阿鳳，不管是繞道，或抄近路，都要坐渡船。她從來就沒有想過直接由四股尾游水過大水河。河面較寬是一個原因，舊莊那邊人多，被人看到也不方便。

她坐渡船，也會送一點東西給虬毛伯，都是自己生產的東西。虬毛伯最喜歡吃她的炒土豆。

這裡的渡船，雖然來回舊莊和枋橋之間，因為地勢關係，舊莊這邊河是緊靠街道，枋橋那邊是一大片沙灘，渡船是由舊莊承辦招標。這裡和渡船有一個規定，舊莊的人去枋橋那邊「拾穗」，坐船不用繳費。「拾穗」就是去撿一些可用的農作物，人可以吃，也可以養豬，去那邊掘蚯蚓回來養鴨也算在內。

阿鳳不算「拾穗」，虬毛伯還是沒有收她的錢。舊莊本來就不是很大的地方，很多人都互相認識，這也是阿鳳為什麼送虬毛伯東西。

有一天晚上，阿鳳從舊莊回番仔園，雨下得很大，大水河有出水，水漲了很多。

「妳安怎轉去？」

船到對岸，虬毛伯問她。

「和平時同款。」

「獪使的，太危險了。」

虬毛伯說。

「妳起來，我載妳去。」

這時候，這種天氣，不大可能有乘客。

從渡船頭到四股尾並不遠，只有幾百公尺。虬毛伯把船撐到四股尾，讓她下去。

「多謝，真多謝。」

那以後，虬毛伯載她幾次到四股尾。原來是她大官，公公，在修理屋頂的時候，跌下來，腳斷了，她必須當天趕回去，幫忙做一些家事。

「我大官，傷勢好真多，我毋免趕回去。」

經過七、八次，有一個晚上，阿鳳對虬毛伯說。

「妳不落船？」

阿鳳沒有回答，身子挨過去。

以後，阿鳳坐渡船，也要等其他有客人的時候。每次，她都低著頭，一句話也沒有說。也不再送他東西。

有一次，很晚，只有她一個人。她搖頭，靜靜的下船。

「我載妳。」

「安怎？」

不久，阿鳳又折回來。

「有四、五隻野狗。」

虬毛伯又載她回去。

下船的時候，虬毛伯拉她的手。她很快挨過去。

那以後，至少有一個月，她沒有再來坐渡船。

虬毛伯喜歡把船停在對岸，那邊蚊子較少。

篤、篤、篤、篤。

有一天晚上，沒有月亮，沙灘上是漆黑的。因為是戰時，實施燈火管制，舊莊那邊的街道也看不到燈光。日本高射砲陣地的探照燈，可能已超過十二點，也已停照了。虬毛伯聽到有輕輕敲打船側的聲音。

蚯毛伯看到水面上有一個黑影。

「誰？」

「我。」

蚯毛伯伸手把阿鳳拉上來。阿鳳脫光著身體，把衣服放在木盆中。

「那久無來坐船？」

「……」

「會涼？」

她搖頭，用力拉著他的手。

那以後，過幾天，阿鳳就會游泳到渡船來找蚯毛伯。

「水鬼。」

有一次，蚯毛伯和阿鳳，在船上，聽見對岸，也就是舊莊那邊，有人喊著。那一天，有點月亮。

過了幾天，有一個晚上，蚯毛姆來到渡船頭，坐上渡船。

「做什麼？」

「坐船。聽著講，你交陪一個水鬼。」

但是，虬毛姆一坐上船，就不下船，跟著渡船在河中來回，這樣子，持續了三個晚上。

阿鳳並沒有出現。

第四個晚上，虬毛姆在船上到了半夜，虬毛姆叫虬毛伯把船撐到河中央。

虬毛姆突然站起，往河裡跳進去。河水並不深。

「妳安怎了？」

虬毛伯跳下去把虬毛姆拉上來。接到岸上。

「我要做水鬼。」

「做水鬼？」

「有人給我講，每晚有水鬼去找你。」

虬毛姆已全身濕透，頭髮也垂了下來，貼在臉上。水從衣、褲，從頭髮，從臉上滴落下來。

虬毛伯看看河面，水並不深，渡船慢慢往下游漂流。

虬毛伯把她帶回家。

「妳不給我再撐船了？」

虯毛伯說。

虯毛姆沒有出聲，只是看著他，不停流著眼淚。

「好了。我不去撐船就是。」

「你無撐船，咱要吃什麼？」

再過了半個月，阿鳳又來找他。這一次，阿鳳有穿衣服，是內衣褲，全身濕透，水從身上滴下來。

虯毛伯告訴她虯毛姆的事。

「我知影。」

她知影？所以她沒有來船邊找他？

「咱毋好再做彼款代誌了。」

「我……」

阿鳳低著頭。

「安怎？」

「我有身了。」

「你講什麼？」

「我有身了。」

「那要安怎？」

「我也毋知影。」

「我轉去，跟伊參商看看。」

「毋免了。」

阿鳳默默地下船，低頭走開。

聽說，阿鳳去下港。她和阿祿生的小孩，留在番仔園，並沒有帶走。

展秋風

虬毛伯站在路邊，車輛不停地來來去去，速度都很快，紅綠燈在路的兩端很遠的地方，前面是高聳的堤防，後面是街道。

一端的紅燈亮了，車子少了，他快步穿過空隙越過馬路，到堤防下。堤防很長，看到盡頭，可是要上去堤防的階梯，遠遠的才有一個。

虬毛伯走到階梯下，一手抓住鐵欄杆，一步一步上去。堤防上也有一段鐵欄杆，接連著下去河邊的階梯。

堤防兩邊，深度不同。舊鎮的街道和大水河的河面，本來就有相差一層樓以上的高度，這個差異依然存在。街道這邊，也就是堤防內側，至少有三公尺高，大水河那邊，外側，至少也有六公尺。

虬毛伯站在堤防上，喘著氣。每次爬上來，他都會急喘，而且越來越厲害。

現在是秋天，秋風從側面吹過來，雖然不像颱風，他卻有感覺風的力量，如不抓住欄杆，有可能被吹落下去。

河岸鋪水泥地，好像是馬路，也好像是提供鎮民使用的遊樂場所。不過，上面沒有車，也沒有人，只有風吹動著水泥地邊緣的一些雜草。

以前，街道和河面之間是一段斜坡，用紅磚串連而成的，鎮民叫它港坪。現在的堤防，是完全重新建造的。他還記得，有一位大學教授，帶了學生來採訪他，問他那一段紅磚港坪的事。在台灣，用紅磚建河堤是少有的。

他坐在堤防。以前，他曾經下去過，到河邊，現在不方便了。下去可以，上來很吃力。

風是逆水吹颾的，這是秋天的風的特色，鎮民叫展秋風。

大水河，夏天開始，就有許多小孩下去游泳。到了秋天，游泳季節就要結束了。這時，小孩最高興的就是下水去「坐那米」，就是跑到上游，順水而下，在波浪間沉沉浮浮。那時，河岸和水中，充滿著小孩的歡笑聲。

那時，水是乾淨的，浪頂是白色的。現在，河水已遭到污染，水是濃羹色，就是帶有綠色的咖啡色。浪頂也是羹色的，只是淺一點。

水變髒了，魚也沒有了。以前，不管什麼時候，都可以捕魚。有人在河邊釣，有人撒網，撒網可以在河岸，也可以在船上。有船的人，還可以放繩，就是把釣繩用兩根竹桿連結，釣上魚餌，放進水中，按時拉起來。那時，有白鰻，大的將近一斤，也有鯰，鯰是清血的補品。有時，也會釣上鯉魚。

戰後，有人電魚，有人毒魚，在上流放毒，魚都翻身，在水上漂浮。有人說，像艦隊。還有人用炸藥，還有人，不知從什麼地方，拿來手榴彈。

在冬天，大水河出水，混濁河水，可以釣毛蟹，天氣越冷越好。毛蟹是用油桶裝的，有人把它一串一串串起來，拿到鎮上賣。

現在，都沒有了。只有風。只有混濁的水。風吹過來的味道是不同的。現在的風，還帶有一點臭味。

他喜歡秋天的風，那時，他可以揚帆。渡船，水深時用划的，水淺時用竹桿撐。到了秋天，掛起帆，人就可以坐在船尾，讓風把船駛過來，駛過去。有時，因為風向，船不能直走，要曲折而行。

他看著橋，他看著跨過大水河的那一座橋。對舊鎮，影響最大的是那一座橋。那年，他五十多歲，他們在河上建造了一座大橋，渡船不用了。

橋直接從這邊的路連到那邊的路，沙灘也不必經過了。

而後就是堤防。

他坐在堤防上，只有從橋上和堤防上，可以看到大水河。

有一位年輕的女人競選鎮長，說她要用水泥和鋼鐵改造舊鎮。舊鎮的四周的市鎮都建造高聳的堤防，一旦有大水，水都集中灌入舊鎮，保護舊鎮是競選者的重點。

她當選了，也真正用水泥和鋼鐵把整個舊鎮圍起來了。

自從堤防建造以後，舊鎮的人，和大水河隔開了，好像已沒有大水河的存在了。

他看著大水河，也看著他昔日撐渡船的地方。

媽祖宮還在，媽祖宮前面的馬路還在，公會堂已拆掉改建成為市場了。

從媽祖宮和前面那條路的位子，可以推測出石階的位置，以及停靠渡船的地方。

至於對岸，就很難測定了。

對岸，也在沙灘上建造了一道堤防，已完全沒有沙灘了。以前，每次來了大水，沙灘的形狀會改變，渡船頭的位置也隨著移動。

大肥龍泡水的位子，大概知道。他的妻，虬毛姆跳水的地方在哪裡？阿鳳游泳到渡船邊找他，又在哪裡呢？

虬毛姆的本名叫阿香，大家叫她烏肉香。為什麼呢？其實，她的皮膚比一般女人白，尤其是外人看不到的地方。

她跳水以後，人就生病了，叫羊暈。這和跳水是不是有關，醫生也不知道。醫生說，患這種病的人，不能靠近水邊。

自從阿鳳的事發生以後，她時常來到河邊，有時還會坐上渡船，也到對岸的沙灘上走一趟。

她已暈過好幾次了。她告訴虬毛伯，她死了之後，他可以再娶，不過不能娶那個女人。她會做鬼來討命。

她真的死了。有一次，她去田邊採些青草，暈倒在田裡，田水還不到三寸深，她整個人趴在田裡死掉了。

大家都叫她不要到水邊，她不聽，有事到水邊，也要有人陪她，她也是不聽。

虬毛伯也會想到阿鳳。她在哪裡？她怎麼了？還有，她說她有身，孩子順利生下來了？是男的？還是女的？有像他嗎？

虬毛姆死了，大肥龍也死了，還是死於腦充血，還不到四十歲。虬毛姆不是說，她也要做水鬼嗎？民間有一種說法，扮演鬼的，都會很快的做鬼。阿鳳也會嗎？

有一次，有一個公所的職員坐渡船，虬毛伯拜託他，能不能從戶籍資料查到阿鳳遷過去的地方。

「世文，你去給我找。」

石世文有點為難。為什麼要做這種事？虬毛伯叫他去，是因為他教書，較有時間？

阿鳳還在，也已經再婚了，又生了三個小孩。以前和阿祿所生的孩子，已大學畢業了，有時會去找她。至於虬毛伯所關心的那個小孩，並沒有。

虬毛伯很不滿意。阿鳳告訴他有身，難道是騙他？他覺得，阿鳳不會騙他。那麼，那個小孩呢？

他看著四股尾的方向，那邊也蓋了不少高樓，在那些高樓之間，似乎還可以辨認出支流的出口。以前，有人說那裡有水鬼，大概已經被人嚇跑了。

虬毛伯轉頭看看台北的方向。總統府在哪裡？

以前，只要往那個方向一看，就可以看到總統府的高塔。戰前，它叫總督府。有一次，美國飛機來空襲，炸中總督府，它從下午一直燒到黃昏以後，整個天空都變紅了。

張宗發是全舊莊最傑出的讀書人，還去日本讀書。那一次大空襲，他就死在總督府裡面。聽說，不是被炸死，是躲在防空壕裡面，被燙死的。總督府被炸到之後，起火燃燒，消防隊過來打火，拚命灌水，防空壕被瓦礫堵住，水流到防空壕，都已變成滾水。聽說，日本人也死了很多，有很多大官。

張宗發是舊莊唯一在總督府做過事的人。

總統府呢？以前全台北最高的房子，現在已躲在一片高樓之間，不知去向了。在舊鎮，廟也一樣，以前是較高較大的建築物，現在也已顯得矮小了。

他看枋橋的方向。枋橋，現在已是縣政府所在地。聽說，很久以前，火車曾經經過舊莊，舊莊人反對，說它破壞風水。如果火車經過舊莊，縣政府或許會設在舊莊也不一定。以前，從公會堂的港坪上，可以看到火車。枋橋那邊，有兩座火車的鐵橋，一是大水河的上流，一是新店溪流入大水河的出口處。火車駛過鐵橋上，可以清楚看到，還可以算幾個車廂。到了兩座橋之間的枋橋市區，沒有房子擋到的地方，可以看到，有房子的地方，也可以看到白煙。現在的火車，用電氣，已不再吐白煙了。

虬毛伯將身體移動一下，發現屁股發麻，大腿和小腿也有同樣的感覺。坐太久了，有人說這是因為血路不通。

他有一種習慣，每次上來堤防上面，他也會去找觀音山。可是，觀音山被房子擋住了。他知道，有些地方，房子比較矮，還可以看到觀音山，不過要在堤防上走一點路。他站起來，腳還發麻，風迎面吹過來。他沒有辦法走過去。

他喜歡觀音山的落日。以前，房子比較矮，從渡船上就可以看到。他輪夜班比較多，早一點上船，就可以看到觀音山的落日。

太陽從相反的方向出來，那邊有較高的山，較晚的時間才能看到太陽。那時，太陽已相當高了，太陽光也比較強烈了。

落日的景色美麗多了。太陽的顏色，天空的顏色，雲的顏色，不停的變化的雲的顏色和雲的形狀。

雲的顏色，開始比較亮，雪白的雲，還鑲了金邊，再由黃金色變紅，變紫，天也隨著漸漸暗下去。

現在，山已被房子擋住了，山附近的雲彩也看不到了。

「阿公。」

李元玲站在馬路的一邊，望著堤防上的虬毛伯。

「阿公，阿公。」

虬毛伯看到，下面，就在馬路邊，有一個小女孩看著他喊著。

「阿玲。」

李元玲七歲，進小學不久。

「阿玲，毋好過來。」

車子還是很多，一直沒有間斷。

「阿公。」

「什麼事？」

「回去吃飯。」

「好，好，我落去。」

虬毛伯感覺大腿還有點麻。

「阿公，小心。」

他慢慢站起來，扶著欄杆，走到階梯上面，一步一步走下去。

遠處紅燈亮了，車子少了。

「阿公。」

「毋好過來。」

虬毛伯放快腳步，走過去，腳有一點拐。

「阿公，黑點又多了。」

李元玲拉了阿公的手，轉一下，看看他的手背。她有看阿公手背的習慣。

「臉上也多了。」

「日頭曬太多了。」

「現在沒有日頭呀。」

「以前照的。日頭照太多了。」

阿公說。

日治・殖民時期（一八九五～一九四五）

童伴

天已黑了，一彎新月掛在教室外面，民家的長竹叢上。補習的學生剛剛下課，已有人熄掉教室的燈光。

石世文一個人，坐在球架底部的橫槓上，腳邊放著一個籃球。陳明章也下課了吧。他知道石世文還在籃球場上嗎？

打球的人都走了，只剩下石世文一個人。他想再練習一下。一個人，拿球的機會就多了。他要練習運球。打籃球，主要是投籃。他常常覺得奇怪，為什麼他運球，別人一下子就搶走，別人運球，像李老師，他就是攔截不到。

他已滿身大汗。

日本人喜歡打網球、野球和排球。外省人喜歡打籃球，一個人可以投籃，可以運球。這個球場本來是網球場，放了兩個球架，就變成籃球場了。本來，有兩根掛網球網的水泥柱已被拿走了，不過留下兩個洞，隨時可以把柱子立上去。

啪、啪、啪。

石世文又開始練習運球。李老師曾經教他運球的腰身、腳步和手部動作。打籃球的，主要是幾位外省老師，像李老師、陳老師。石世文開始打球，人太小，只在旁邊看著，等著，球彈到球場外，他就跑過去撿。現在，他可以一起投籃了，不過還不能賽球。

自從網球場改成籃球場之後，幾年沒有人打網球了。

他看著籃球場，想著以前井上先生打網球的姿勢。她穿著白色的衣裙，白色的運動鞋，額頭結著白色的布條，叫鉢卷。她說，那是一種姿勢，也是一種決心。

他四年級的時候，受持先生，級任老師，出征去了，井上先生來代課。她是神社主持，神主的妹妹。因為她，石世文還去神社參拜。他去幾次，都碰到伊藤奧桑跪在神社前面的一角祈禱。伊藤住在郡役所對面，是代書，早期也賣鴉片，戰後還留住一年多。

伊藤奧桑，每天清晨，去神社參拜祈禱，雙手合十，靜靜跪在神社前面的一角，祈求皇軍武運長久。她有兩個兒子都在戰地，這也是她去祈禱的主要原因。戰後，聽說，兩個兒子也平安回來了，大家都說，是誠心感動天。

神社境內很清靜。神社的基地幾乎有運動場那麼大，還不包括參道，是四方形，周圍有壕溝，只有樹和鳥聲。樹有松樹、杉木、也有榊。榊並不高，是日本人的神樹。它的枝葉，像榕樹，樹身較短，可以做拂塵，也可以供奉神。這裡也有許多鳥，阿川喜歡打鳥。神社境內，好像不准打鳥。

很不幸，井上先生要回去內地結婚，船剛出海，就被美國的潛水艦擊沉。有時，石世文也會翻開畢業紀念冊，井上先生的相片是放在先生們的相片上方，一個橢圓形的框框裡面。

日本人走了之後，鳥也走了，神社屋頂的青銅聽說很值錢，已被剝走了。聽說，這裡將改成工廠，製造血清。

球場，以前也演過電影，是露天的，只在天晚以後上映。在球場的一端，插兩根孟宗竹桿，結上橫槓，掛上白布幕。戰時，他五年級，張建池帶他去看，是演男人和女人的故事。他喜歡看戰爭的片子。軍艦、飛機、大砲，還有坦克。還有日本兵在城牆上舉手高呼萬歲的鏡頭。觀眾看到了旗子出現，就拍手，不管是日章旗或軍艦旗。石世文也會跟著拍手。這已是一種習慣了。

張建池大他兩歲，告訴他，有一天，對男女故事，他也一定會感到興趣。他去神社，去看井上先生，和這有關嗎？

張建池是運動選手，他很會拉單槓，也很會跳箱。拉單槓，他會很多動作。他用腳一踢，人就上去，而且抓住鐵槓翻轉。跳箱，他會輕易跳過八層。石世文只跳到六層。他也常常代表學校去參加郡內的運動會。在戰時，在講堂裡面，就是大禮堂，有人運來一綑一綑的稻草，聽說是要拿去餵軍馬。也有人說，是要運去做紙漿。有學生，爬上講堂上的橫樑，而後跳下來。開始，是跳到稻草堆上，石世文也跳過。後來有人把稻草綑拆散，鋪在地上，太高了，只有兩三個人敢跳下來，張建池便是其中一個。

現在，張建池已去台北一家茶行工作，平時很少回來。

林良德是石世文的同班同學。一年到五年是同學，到了六年受驗組（升學班）也是同學，而且共用一個桌子。他的手指很靈活，很會摺紙，做飛機，做船，做青蛙，也會做更難的鶴、武士的戰帽，也會做狗和兔子。他父親在深坑開貨車，很少回來。石世文不知道深坑在哪裡。畢業之後，林良德搬走了，可能是去深坑找他父親。

黃金傳也是石世文的同學，不過，他沒有讀受驗組，六年時就不再一起了。在戰爭末期，國校學生按「保」組織奉公班。當時，保甲已改為町，一個町有幾個奉公班，主要是要整隊上學。張建池是高等科的學生，做班長。黃金傳時常遲到。要等他嗎？有人說要等，有人說不要等。張建池決定要等他。

「馬鹿野郎。」

張建池大吼一聲，打了黃金傳一個巴掌。

「你不能打我。」

黃金傳用手壓住臉頰。

「為什麼？你已遲到五次了。」

「我要告訴你母親。他是我的老大姊。你應該叫我表舅。」

石世文有聽過。在舊鎮，因為連親的關係，很多人是親戚。張建池的確應該叫他表鼻。

張建池不再打他，一到學校就去向擔任的種村先生報告。種村先生後腦像屏風，學生都叫他扁頭仔，他是劍道選手。他時常打學生，學生都很怕他。

種村先生叫黃金傳跪在地上，一手握著竹劍，一手張開手掌，問他要選擇哪一邊。這是他打學生的方式，一般學生都選擇手掌。

那天，黃金傳被種村先生打了五個巴掌，之後，種村先生還問他可以了嗎？他點頭。他的臉紅腫起來，像麵龜，回到教室時，大家還以為他是因為偷東西被打。

黃金傳有偷東西的習慣。鉛筆、橡皮擦、色紙，什麼都偷，有時也偷錢。他常常被打。有學生丟東西，就先查他的身體和書桌。他沒有書包，書都是用大手巾包的。他是笨賊，偷的東西都放在口袋裡或書桌裡，很快就被發現，很快就會被打。有時，找不到，他也一再否認，大家還是認為一定是他。

黃金傳有一種奇妙的習慣。他愛挖鼻屎，而後搓成像仁丹的小丸子，把它黏在書桌下。學生都知道。有人去看，有人把它弄掉，他就放在火柴盒裡面。開始，有人把鼻屎丟掉，有人乾脆就把火柴盒丟掉。後來，大家好像變成一種期待，看他收集多少。有時，如鼻屎還沒完全乾，他會把它搓在一起，變成大一點的丸子，大家期待，有一天，他一定會搓成臭藥丸那麼大。

黃金傳搓鼻屎，很專心。不過，他有一種能力，他眼睛專注的看著老師，手指在桌底下搓，所以老師不會發現。同學知道，笑起來，他就會轉頭去瞪人家。有時，還會叱一聲「笑什麼」。

黃金傳的父親是理髮師，在後街開理髮店。以前，他是挑著擔子，到鄉下理髮。現在，有店了，只有一個人，也只有一張理髮椅子。黃金傳一畢業，就在家裡做學徒，學理髮。開始，他只是站在旁邊看，而後幫人家洗頭。不到兩年，他會剃，也會剪，他父親也說要退休了。

有一天，黃金傳被雷公打死了。

離開理髮店不到五十公尺的地方，就在大水河的港坪上，有一座觀音媽廟。有人說，是寺，不是廟。因為供奉的是觀音媽。有人說，是廟，裡面有土地公。在舊鎮，較少有二樓以上的房子，觀音媽廟是二層，那是因為建在港坪上的路邊，地太少，只能往上面蓋。裡面，每層只能放一套神桌，上層供奉觀音媽，下層是土地公。一般人，寺廟分不清楚，所以叫它觀音媽廟。

後街還沒裝水道，吃喝的水，要去市場的公共水道拿，洗衣服，就直接到河邊洗，洗頭髮的水，就要去河裡提。

那一天，忽然下了大雨，有雷公，也有閃電。一個脆雷打到觀音媽廟。黃金傳就躲在觀音媽廟的屋簷下。雷公將觀音媽廟的屋簷削去一角，也把黃金傳打死了。好大膽的雷公，有人這樣說，因為雷公打到觀音媽廟。

為什麼不跑回家？有人說。他沒有辦法提著一桶水跑回家呀。另外的人說。那為什麼不躲進廟裡？廟太小了。有人說，他不敢進廟裡，也有人說觀音媽廟，高高瘦瘦，像避雷針。石世文這才知道，避雷針不是閃避雷公，而是引導雷公。以前他看過日本的漫畫，雷公被畫成紅鬼，避雷針插著雷公的屁股，雷公大聲叫痛。

黃金傳死後，家人發現他的木箱裡面放著一些筆、白紙、橡皮擦，也有銀角子。還有一個火柴盒，裡面放著一些小丸團，有的比仁丹小，也有的和仁丹差不多，也許還有一些大一點。這是什麼？有人問。仙丹吧，有人回答。石世文知道，那是鼻屎丸。畢業之後，他還是繼續挖鼻屎，搓小丸。

以前，大家都說他笨賊，偷食不會拭嘴，幾乎每次都被抓到，也被打。為什麼還有那麼多偷來的東西？還有兩個大正時代的龍銀。

阿興和黃金傳住同一個房子。舊鎮的大街，北側背後有圳溝，附近有以前日本人住的宿舍。南側背後是後街。後街的後門和大街後門相對，前門對著大水河。黃金傳的店，在正門那邊，阿興他們住在後面，和石世文家的後門相對。

阿興的阿媽是石世文的大姑，他的父親是石世文的表兄。不過，阿興只小石世文兩歲，平時都叫名字。阿興是他的主要玩伴，玩玻璃珠、打干樂、下棋、下直，玩尫仔標。甚至連女孩子玩的擲沙包、跳房子，都玩過。不過，他們不一起游泳，也不一起釣魚，因為阿興是大孫，他阿媽不准。

阿興國小畢業，就去家具店當學徒，學木匠。雖然人還在街上，可以見到面，卻不能一起玩了。

阿麗和阿興同年，住在隔壁。小時候，大人問阿興，你要娶阿麗嗎？阿興紅著臉說好。不過，阿麗說要嫁給阿水。現在，阿麗國校畢業，就去下港趁食了。她皮膚白白，留著短髮，穿著花格子的裙子，時常和阿興在門口玩。

趁食是什麼？石世文問李宗文。李宗文說，她們是可憐的女人。在戰爭末期，石世文看到在大水河港坪下面的小路上，在黃昏，有幾個朝鮮婆仔，穿著和一般的女人不一樣的朝鮮衣服，在那邊散步，也唱歌。

「朝鮮屁。」

有小孩在港坪上喊著，把石頭丟下去，丟進水裡，開始丟得遠遠的，而後慢慢接近岸邊，有的沒有丟準，丟到路上。

「不能欺負她們。她們是一群可憐的人。」

李宗文告訴石世文。

「她們從很遠的地方來。」

戰爭結束，就沒有再看到她們了。石世文知道她們住的地方，也去看過，門是關著，已看不到人影了。

「所以，阿麗也要去很遠的地方？」

石世文問。

「要去下港，要去很遠的地方。沒有錯。」

有人問阿麗，為什麼不嫁阿興，要嫁阿水？她說，阿水家有水果，也有糖果。阿水的父親叫阿昌。依照舊鎮的習慣，對長輩都叫阿伯或阿叔。不過，對阿昌，因為自小就在那裡做生意，很多人都叫他名字，小孩都跟著大人叫他阿昌。

阿昌在市場門口開一家小店，賣糖果、水果，也賣祭拜用品，像金紙、銀紙和香條，生意很不錯。阿水是獨子，有人說不是親生，是收養的。阿昌的水果，都是下午去台北的中央市場割回來的。為什麼是下午？一般人買水果，都是上午，比較新鮮。下午，都是人家挑剩的，很便宜。阿昌說，會買比會賣重要。

鳳梨過熟，快爛了，最甜。阿昌削鳳梨，先去表皮，再將皮下的斑點，用刀子，刻成螺旋狀，把斑點去掉。這樣，可以減少損失。

阿水是不是和名字有關，不知道。他很喜歡游泳。有時，他跟著大家，有時一個人游。可能有人去告訴阿昌姆，她拿了一把竹絲，氣沖沖，跑到河邊來找人。

另外，又有人大聲叫喊，警告阿水，說他母親來了。平時，阿水在入水前，先把衣服藏在港坪上的草叢裡，但是草並不高，這樣子，衣服不會濕，可以瞞過他母親。喜歡游泳的人都知道，下水游泳之後，用手指一抓皮膚，就會顯出白線。

阿昌姆來了，先找出衣服。阿水裸著身體，用手掩著大腿間，從河邊一直奔跑回去，阿昌姆氣喘吁吁的，拿著他的衣服，在後面追著。其實，他上來，她就放心了。回去，頂多打一下。

母子追逐的景象，石世文不會忘記。

現在，阿水已很少下水游泳了。他讀完高等科之後，就回家做生意。在學時，他也會幫忙，現在，他已可以代替父親去中央市場採購了。

有一次，石世文騎車，從台北回舊鎮，在路上遇到阿水。他是去中央市場割水果的回途。他騎著三輪小貨車，上面有香蕉、鳳梨和甘蔗。幾綑甘蔗的尾部，長長伸出車尾。他一面踩車，一面吃雞捲，是用紙包的，放在把手下的一個鐵絲網籃裡。他從中央市場回家，都彎去圓環，吃一份蚵仔煎，再包兩條雞捲一路吃回來。這一點，和他父親不同。他父親是直接去中央市場，再由中央市場直接回家，從不彎路吃點心。

石世文忽然了解，阿麗為什麼說要嫁阿水，而不嫁阿興了。

石世文又拿起籃球，練習運球。那是從學校借來的。那是一個已經被淘汰的球。籃球是皮製，因為下雨泡水，已變形了。它不但變大，還變長、變歪了，有一點像大型橄欖球。李老師告訴他，用這種球練習，不管投籃或運球，一定會進步。

李老師就是陳明章的老師，是教升學班。教室的燈已熄滅了。李老師已下課了，陳明章也應該已回家去了。

大約在兩年前，石世文在媽祖宮後面的水池釣魚。陳明章也在附近釣。石世文釣了兩條鯽魚，大的有三指寬。魚的大小是用手指的數目量的。陳明章那邊，卻沒有釣到。

「不要靠過來。」

石世文怕釣線纏在一起。釣線很細，一旦纏住，就很難解開，有時必須將釣線咬斷。有時，魚吃餌，猛拉，亂竄，就更容易纏住。

「不要靠過來。」

石世文看陳明章更接近。

「那是蝦子。」

蝦子吃餌，不直接吃，光用鉗子夾，而後慢慢拉動。

石世文釣魚，不喜歡蝦子，也不喜歡竹篙頭，還有大肚魚。竹篙頭，魚不大，嘴很小，不容易上鈎。大肚魚吃餌很凶猛，把浮標用力拉，以為是大魚。一釣起來，只比魚餌大一點，完全感覺不到重量。有人，很氣，會把牠捏死，再丟回水裡。

陳明章過來，石世文就移開一點，還是他釣得到魚。有人說，有一種人叫臭腥手，就是釣得到魚。石世文認為，他的釣竿比較長，他的釣鈎形狀比較適合釣鯽魚，還有釣餌。

「不要再靠過來。」

忽然，有魚吃餌，把石世文的浮標拉下去了。

「纏住了。」

陳明章叫著。

沒有錯，是石世文的線去纏到對方。石世文拉上釣線，有一條鯽魚在空中跳躍，閃爍銀光。同時，陳明章的釣線也一起拉上來了。兩條線纏住，忽然，釣上的魚，脫開釣鈎，掉回水裡。

「攏是你。」

「是你的釣線纏住我的。」

「我解不開，要拉斷你的。」

「是你的纏住我的。拉斷你的。」

「我叫你不要過來。」

「水池又不是你的。」

「也不是你的。」

石世文用力把釣線拉斷。

「你賠我。」

陳明章大聲說。

石世文不加理會，取出新的釣線。

「我爸爸是警察。」

「三腳仔。」

石世文說得很小聲。

陳明章的父親，自日本時代就當警察。大人說，警察有兩種，一種好警察，另外一種壞警察。陳明章的父親不是壞警察。

「你說什麼？你罵我阿爸。」

陳明章說，用力推他，差一點把他推下水裡。他抓住陳明章的手，身體向一邊一閃，把陳明章拉了一把，他腳不穩，整個人掉進水池裡。

水並不深，只到陳明章胸部。他知道陳明章會游泳，不過，他不游，卻站在水裡哭著。

石世文也跳進水裡。他不清楚為什麼這樣做。他有一點怕。這樣子，可以算兩個人都落水了。

「不要哭。」

石世文說，其實，他也差一點哭出來。

「我要跟我阿爸講。」

「不要哭。」

石世文再說一遍，脫下上衣，丟到岸上，而後潛到水底。以前，他潛水摸過小蝦。水池底是泥土，他將手掌做成鉗狀，順著水底前進。蝦子碰到了手，往後彈，有的彈進他的手掌，有的彈入泥巴。

「給你。」

石世文摸到一隻小蝦子，只有四公分長。

「什麼？」

「蝦子。」

石世文又潛水下去，摸到一隻大一點的。

「不要哭。我教你摸蝦子。」

「今天不要。」

石世文又潛水下去。他摸到一隻更大的蝦子。

「給你。你不能告訴你阿爸。」

「這是什麼？」

「大蝦子。」

「石世文，我們去釣魚。」

有一天，陳明章來家裡邀他。石世文教他結釣鈎，也教他鈎釣餌。

「石世文，我們去摸蝦子。」

陳明章會游泳，是狗爬式。舊鎮大街的南側是大水河，北側是圳溝，只要敢接近水，大都會游泳。

「給你。」

「什麼？」

「田貝。」

「是不是女人的？」

「問你阿姉好了。」

「阿姉會罵我。」

「那就不要問。」

陳明章的阿姉，和石世文同學，是受驗組的同學。戰時，他們家改了姓名，她叫東鄉貞子，現在已改回原名，叫陳雪貞。

石世文有一個同學，叫黃錫坤，六年級一開學，就寫信給東鄉貞子。「黃錫坤健壯，貞子很溫柔……」信是用日文寫的。這以後，大家碰到他，就會唸出這兩句笑他。他也不在乎。現在，他們兩人初中也同班，每次坐公路局巴士回來，黃錫坤都會找位子和女生坐在一起，尤其碰到陳雪貞的時候。戰時，她讀高女，現在也改為初中了。

「不用怕，也不要害羞。」

黃錫坤對石世文說。

有一次，她的父親，把黃錫坤叫過去，責備他，叫他好好讀書。

「石世文，這給你。」

陳明章對石世文說。手拿著四節的釣竿。

石世文到現在還沒有用過這種四節的釣竿。這種釣竿很貴，他買不起，只用直竿。

「為什麼送我？」

「我阿爸說，讀書要緊。我不但要念初中，讀高中，還要讀大學？」

「讀大學？」

舊鎮的人，讀大學，石世文知道的，只有三個人。

「對。所以，我要去台北考初中。很難考，我不能再玩了。」

舊鎮，去年剛設初中，因為離家近，很多人去應考。不過，還是有人認為台北的學校好，而且同校設有高中可以接上去。

「你讀大學以後，還可以用呀。」

「那時，我還要買好一點的。我要買車仔釣。我阿爸說，車仔釣，才能釣大魚。」

從此，陳明章就沒有再約他去釣魚了。

啪、啪。

他一個人拍著籃球，因為球已變形，彈起來很不規則，比較難做假動作。

學校裡面沒有人。他聽到腳踏車的聲音，腳踏車通過事務室之間的玄關的通路停下來。燈光已熄，月亮也看不見了，不過從微弱的光線，可以看出那個身影。那個人腳不夠長，停下來時車子歪到一邊，人也搖晃一下，差一點跌倒。

「世文。」

「奧多桑。」

父親怎麼會來？

「回去吃飯。」

石世文沒有回答，把籃球放在事務室前面的籃子裡。

前幾天，他發現自己已比父親高了。父親騎的是二八仔。一般人都騎二八仔，聽說有二六仔，多是女人騎的，不過，在鎮上他沒有看過。父親個子不高，踩不到地，平時已很少騎車。石世文很會騎車，可以人騎在車上，彎腰下來，伸手撿起地上的東西。

「奧多桑，回去，我載你。」

石世文走到父親旁邊，拉住把手。

「你要載我？」

父親說，看他一眼。

「對。」

「你會載我？」

「奧多桑，我很會騎車。」

「好吧。」

父親說，人也坐上虎骨。

石世文一腳踩上踏板，一腳跨過去，坐在車椅上。

學校裡已完全暗了，他用力一蹬，騎出學校，他的臂彎輕觸著父親的肩膀。

土人間

「正經的，我正經有看著，看著飛機頂頭的阿督仔，呼、呼、呼，飛機安呢衝下來，我有看著，阿督仔的眼睛是青的。我正在彼邊的山谷間，另外，還有五、六個人，有人大著驚，亂走，從山坡一直滾下去。正經的，我正經有看著。」

金星坐在門口的椅條上，舉起手，指著對面的山丘，而後用力揮下去。

金星的父親死了，留給他一間土人間，就是碾米店。

壽山鄉只有兩條街，短短的，隔著大馬路相對，每邊只有三、四十家。對面的，就在山丘下，這邊的，後面是一片農田，金星的土人間，就在大馬路邊，和保甲路交叉的地點。

「阿和叔，來坐、來坐。」

阿和叔拖著力阿卡車（拖車），從保甲路過來，停在土人間前，上面載著一布袋稻穀。

「阿美，趕緊出來，來給阿和叔倒茶。」

阿美從裡面出來，腰際結著圍巾，肚子突出來了。

「我自己來倒。」

阿和叔說，拿起陶製大茶壺，倒進茶几上的小茶碗。

「阿美，妳來做什麼？」

「煮飯。」

「阿母呢？」

「阿母去廟裡。」

土人間擺設各種碾米的器具，有去殼機、精米機和選米機。中間算是大廳，牆邊有木架，放著幾包稻穀。門前，放著四個椅條，中間有一個茶几。椅條上坐著幾個人，有的是來碾米，有的去街上賣了菜回來，過來休息一下，有的是來喝茶聊天。

除了土人間，金星的父親還留給他一些田地。以前，父親帶他去收租，都穿著白色的西裝褲，戴著白色的盔形帽，在大太陽下，走過鄉村的小路，沿途和農民打招呼。

以前，父親要親眼看農民將稻穀裝入布袋。這是一種習慣。有些農民是會將不良的稻穀摻進去的。現在，金星不再去現場，教農民自己裝好，自己送過來。

阿美在土人間裡面，迅速走動。她又懷孕了。她在點稻穀，在指揮工人操作，也在記帳。

金星在門上，坐在椅條上，蹺起腳，和人喝茶聊天。他喜歡談茶的品種，從文山談到鹿谷。

「金星，你幫阿和叔推一下。」

母親說。

門是拉門，門軌比地面高一點。

「阿美呢？」

「她大腹肚，你沒有看著？」

「大腹肚，也不是頭一次。」

「大腹肚，不能出力，會動著胎神。」

「我已叫人，全部用掃把打過了，不會有胎神了。」

金星說，阿美很會生孩子。別人生一個孩子，七苦八苦，她卻像雞放屎，「噗」的一聲，就生出來了。

「不會有代誌的。」金星補充說。

母親正想去幫忙推車，阿和用力把車拉進去。

「金星呀，你真好命，正經是太白金星來轉世。你老爸留給你財產，還幫你娶一個好某。」

阿和叔對他說。

「無了，無了。」

金星回答說。

土地公簽用木材做成的，長一公尺多，寬十公分左右，厚兩公分，兩面鉋平，塗上深咖啡色的漆，是光面，沒有文字，頂端刻成葫蘆模樣。

土地公廟在大馬路邊，離金星的土人間，只有一百公尺。門不是對著大馬路，而和大馬路平行。

土地公廟，除了一般民眾前往祭拜，每天都由壽山街上的居民輪流燒香。居民將土地公簽依次傳遞過去，誰拿到土地公簽，就要去燒香。

「阿美，妳去土地公廟燒香。」

「金星，阿美大腹肚，安怎可以去燒香。」

「大腹肚，也可以走路呀。」

「大腹肚，無清氣，不可以進廟，你毋知影？」

「阿母，頂次，妳講伊紅的來，無清氣，這次又講她大腹肚，不可去。大腹肚，就無紅的了。」

「金星，燒香拜公，是男人的事。」

「我有看著，在廟內打掃的阿富姊，也是女人呀。」

「女人打掃無關係，土地公是低神。」

「那，土地公是低神，阿美不可去，阿母可以去。」

「金星，你連拜公，也推來推去？有吃有行氣，有燒香有保庇，你毋知影？」

「阿母去拜，也同款會保庇我呀。」

「你這個囝仔。人可以欺負，神不可以欺負。」

「阿母，我無欺負人，也無欺負神呀。」

「金星，你要去？還是不去？」

「阿母，妳去。阿母，妳去好未？」

三年前，阿盛在金星的土人間對面，隔著大馬路，也開設一家土人間。阿盛是金星的遠房親戚，算是堂兄。

那家土人間，間隔設備，和金星的幾乎完全相同，連門外擺著四條椅條和茶几也一樣，還有茶几上的大茶壺。金星笑阿盛，只會模仿。

在地形上，阿盛的土人間比較不利。它的背後是山丘，住家少，也幾乎沒有農田；而且，一半以上的農民，都是由金星的土人間旁邊的那一條保甲路出入。

「阿美那兩個小孩，真美，敢是金星的？」

在阿盛土人間門前的椅條上坐著幾個人，有的來碾米，有的去街上賣菜回來，休息一下，有的是來喝茶聊天。

「不可亂講。」

「金星也會做那款代誌？」

「當然會做了。男人都會做了。」

「不過，他那麼……」

「女人會做就好了。」

「女人安怎做？」

「男人躺著，女人去頂頭。男人躺著，不必動，那就可以了。」

「女人可以在頂頭？女人也可以動？」

「你真三八。難道你厝，只有男人做代誌？」

「沒有不對。我們種田、割稻、擔穀、賣菜，全是男人做的。」

「那種代誌也是你一個人做？」

「我一個人做的呀。」

「也莫怪你已經瘦到皮包骨了。」

「金星，阿美沒看著了。」

「她有講，她要去看戲。」

戲台也是在街上，離開他家，也只有一百多公尺。

「小孩也不見了。」

「小孩也帶去看戲了。」

「你安怎不去看？」

「看什麼？」

「看戲，也看人。」

「戲，無什麼好看。」

「她正經去看戲？」

「不會騙你了。她已經去看戲了。」

「金星，有人講，前幾天，她在公路局的車牌那邊等人。」

「阿和叔講，要提一張支票給她。」

「安怎不捉來店的？」

「阿和叔講，他在趕時間。」

「她會跟人走喔。」

「不會了。阿和叔不是那種人。」

「不是阿和叔，驚和別人走喔。」

「不會了。」

「她正經帶小孩去看戲？」
「她安呢講呀。」
「金星你要去戲台看一下，看她是不是正經在看戲？」
「毋免了。」
「戲台，那麼近。你去看一下好了。」
「毋免了。」
有人真的去戲台看了，看到阿美帶兩個小孩在看戲，阿美眼眶紅紅的，兩個小孩，一邊一個，趴在她身上睡著了。
金星坐在土人間門口的椅條上，只有他一個人。
「阿和叔來坐呀。」
「後一次，後一次。」
阿和叔拉著力阿卡車經過，上面放著一布袋稻穀。
「阿和叔，你看一下，水淹到那裡。」
金星指著屋內牆上的一條痕。阿和叔停下車，探頭瞄了一下，很快地拉起力阿卡車，越過大馬路，走到阿盛的土人間前面。
「金星，風颱會來喔！要把稻穀放高一點。」

「上次，我扭到腰，還會痛，無法搬重的物件。」

「上一次，差一點淹水，趕緊去叫工人來搬。」

「工人走了。無要緊了，不會淹水了。」

有些工人，是轉到阿盛的土人間去了。

上次颱風，從山上流下來的水，越過大馬路，沖到這邊來。很奇怪，更早以前，每次颱風，下大雨、做大水，水都只淹那邊，就是有越過大馬路來，水量也不大。上一次卻不同了，水越過大馬路，一直淹到這一邊，還帶了泥水和沙石，差一點淹到金星的土人間。

「安怎那會安呢？」

「風水變了。」

金星回答說。

「這次，要趕緊準備喔。」

「準備什麼。」

「堆沙包呀。」

「不會了。不會淹水了。」

「上次，差一點淹入來，趕緊把稻穀堆高一點。」

「不會了。不會淹水了。」

水還是淹進來了，水越過門軌，淹到裡面。堆在下面的稻穀泡了一點水。

「機器並沒有淹到了。」

金星對阿和叔說。

「阿美呢？」

「回去外家了。」

「回去做什麼？」

「生小孩，做月內了。」

「第幾胎？」

「第三胎了。」

「你真會做人。」

「無了，無了。只有三個了。」

金星的土人間，拉門只拉開一條縫，一個人可以進出的寬度。從門縫看進去，在大廳正中央，可以看到金星坐在籐椅上，身軀直直靠在椅背，雙手緊握著把手，雙腿無力，微微張開。他的臉向外面，對著大馬路，對著對面阿盛的土人間。

裡面沒有開燈。金星的背後有玻璃窗，強烈的陽光，從那裡射進來，有綠色的樹影在外面搖動。因為逆光，金星的臉呈一片黑影。可以看到他的鬍子已很長了。

「金星，趕緊去把阿美帶回來。」

屋子裡面有另外一個影子，是他母親。母親在裡面走來走去，手裡拿著掃把，並沒有掃地，一下走到金星身邊。

阿美已回去半年以上了。

金星沒有回答。

「金星，你安怎了？」

母親繼續在金星身邊轉轉停停，有時順時鐘，有時逆時鐘，她的身軀傴僂，頭髮有點散亂，腳步也有些不穩了。

「金星，你要吃東西喔。」

金星依然沒有回答。

「金星，你要去看醫生喔。」

金星依然靜靜地坐著，眼睛睜開，一動不動地看著前方，看著阿盛的土人間那個方向。他的背後，陽光依然強烈，照著玻璃窗，有綠色的樹影在那裡搖動。

李宗文

押解

「犯人，犯人。」

由阿源帶頭，五、六個小孩，在公會堂前面的廣場玩踢龍。石世文也在觀看。

小孩在地上畫一個三尺左右的圓圈，裡面放著幾顆雞蛋大小的石頭。一個人雙手趴在圓圈裡守住石頭，其他的人從外面乘隙攫走。

犯人是阿源最先看到。警察從媽祖宮那邊，押解一個犯人，往大水河的方向前進。警察穿著黑色制服，腰間佩著長刀，刀子輕輕搖動著，發出鏘鏘的聲音。

警察是押解犯人去坐渡船。

犯人，手綁著繩子，頭上戴著草製罩笠，從頭頂一直蓋到下顎。

「是誰人？」

「阿炎，是阿炎。」

小孩很快認出那是代書的助手阿炎。

阿炎已二十一、二歲了，照理這些小孩都應該叫他阿炎叔，但是，大人都叫他阿炎，小孩也跟著直呼他的名字。

小孩都知道他是阿炎，卻看不到他的臉孔和表情。小孩想靠近一點點卻不敢。那時候，小孩都怕警察。

「在廈門那邊，犯人要抓去殺頭之前，要先遊街，讓大家看，才不敢做壞事。這叫示眾。」

阿源不知已講過多少次了。阿源已六年級了，是這群小孩中最大的。他的後娘曾經過去廈門趁食，回來台灣之後再嫁給他父親。他從後娘那邊聽到不少廈門的事，也時常轉述給其他的小孩聽。

他還說，掛在牆上的斬犯人的刀，要斬人之前，還會自動的鏘鏘響起來。

他又說，當犯人的頭被斬落的時候，二道血從脖子直噴出來，一道鮮紅的，另一道黑一點。大家在那裡圍觀，有人還衝過去，拿包子沾血來吃，說可以壯膽，也可以補身體。他說，那邊的包子叫饅頭，是不包餡的。

「真無意思，連面都看不到。」

阿源好像有點不滿。

警察和犯人已走到石階的中段，石階下去就是大水河。渡船頭就在石階下。渡船還在對岸載客。石世文知道，今天，李宗文在撐船。

「看，犯人在抽菸。」

警察和犯人在等渡船的時候，警察點了一根香菸，遞給犯人。犯人依然戴著草笠只是頭偏了一下，抽了兩口，警察就把香菸拿下來丟掉。

那是冬天，是一個很寒冷的日子。天空籠罩著烏雲，下著細雨，風很大。

風是逆著河水而吹的，波浪特別的高，一波又一波，像很大的番薯稜。水是深綠色的，浪頭濺起白色的水花。

這一邊的河岸，從石階區分，右邊，也就是河的上游，是一排一排的石龍。石龍的末端，因為鋼絲斷破，石頭散落在河邊，一直到水中。

在那裡，有幾個小孩，捲起褲卷，站在水中釣毛蟹。冬天，天氣最冷的時候，毛蟹最多，也最大最肥。

石階的左邊，也就是下游，是用紅磚串成的斜坡。因為河水長日沖擊，大水來了，水勢更大，斜坡已有些彎曲，有些地方很陡，有些地方較緩。有些較平坦的地方，平日會有女人下去洗衣服。

小孩看到一個女人在紅磚上洗衣服。這樣冷的天氣，風又那麼大，會是誰呢？

「是阿花。」

阿源說。

阿花是阿炎的未婚妻。小孩看到阿花蹲在水邊，旁邊放著一個小竹籃，裡面有兩三件衣服。阿花低著頭，慢慢搓著。

阿花轉頭瞄了一下警察和犯人，又低頭搓衣服。

因為衣服只有兩三件，她搓了幾下，在水裡揚一揚，又換另一件。看來，每一件衣服，她都已洗過好幾次了。

渡船來了，犯人遲疑一下，警察把犯人拉上渡船，命令他蹲下來。

犯人的臉，我們是看不見的。不過，卻感覺得出來，犯人是在看著阿花。警察也在看著阿花。

李宗文把船撐過來了。他是高等科的學生，有空會來幫忙撐渡船。

渡船和阿花之間，只隔四、五十步。這一趟渡船，除了李宗文，只載著警察和犯人兩人。

渡船轉頭，離開岸邊。那時，小孩看到阿花站了起來。開始，腳還在水中。她一手拿著衣服，褲裙已快觸到水面。然後，她一步一步的退到岸上。船越遠，她也退越高。

水是綠色的，斜坡是紅色的，阿花穿著藍色衣裙，有點像女學生的制服。

渡船在風浪中，搖盪著前進。

「會殺頭不？」

阿生皺著眉頭問。阿生是這群孩子中最小的，只二年級，比石世文還小兩歲。

「不會啦。在台灣，不會有殺頭的了。」

阿源有點不耐，卻又好像要表示他什麼都懂。

「呃。」

阿生回應了一聲。

渡船抵達對岸，警察和犯人站了起來，走下渡船。

對岸是一片沙灘。警察和犯人在沙灘上前進。風很大，把衣服都吹起來。

渡船載了另外的乘客，又折回來了。警察和犯人已走到沙灘的盡頭，過去是一叢竹林。

阿花又退了幾步，踮起腳跟。

「好白喔。」

阿源說。

小孩看到站在紅磚上的阿花，手和腳都那麼白。她的頭髮已被風吹亂了。

警察和犯人已走到竹林旁邊，然後繞到保甲路，看不見了。

李宗文載了乘客回來。

阿源已帶著小孩上去了，只有石世文站在河水裡看其他的小孩釣毛蟹。

「世文，上來。不要看了，明日我帶你去收毛蟹。」

李宗文對石世文說。

毛蟹季節

冬天，在大水河邊，雲是灰色的，低低壓在河上。出水了，河岸退後，河面拉寬了，有平時的兩倍以上。

冷風吹著河面，河流急湍，河水是混濁的，漂浮著草屑，樹的枝葉，和一些雜物，急速流過去。風是逆流而吹，掀起一稜一稜的波浪，浪頭冒著白色的水泡。

雨在漂著，雨水也是冷的。

渡船剛載客過去，靜靜待在對岸。這種天氣，乘客不多。今天撐渡船的是阿江叔。

李宗文划一隻小船，載著石世文，划向河心。風和浪輕輕地盪著小船。那是捕魚用的，比渡船小，當然，比貨船更小。

大水河，靠舊莊這邊，地勢較陡，水也較深，對岸是沙灘，地勢緩和，水也較淺。水深的地方用槳划，較淺的地方，用竹篙撐。

遠看過去，在河的中央，插著幾根竹竿，相隔二、三十公尺，在水裡擺動著。

冬天，是毛蟹季節。

兩根竹竿之間，繫著一條繩子，叫放緄。平時，緄繩上面結著釣鉤，可以釣白鰻和鯰，有時也釣到鯉魚。釣毛蟹，不必用釣鉤，只在緄繩上結著切成細條的牛皮。開始發臭的牛皮，是毛蟹最喜歡的。

李宗文把船撐到竹竿邊，蹲下身，伸手拉起緄繩，叫石世文也拉著。兩人把緄繩拉起來。

「毛蟹。」

石世文叫著。

「毋好大聲，毛蟹會驚走。」

李宗文說。

剛拉上緄繩，看不清楚，當毛蟹接近水面，可以看到夾住牛皮的螯，牠就鬆開螯，很快的沒入水中。

「看著人，毛蟹會驚？」

「會。你用網子撈。」

李宗文拿出一只短柄的撈網給石世文。

開始，石世文不熟習，網子碰到緄繩，毛蟹就放開螯，沉入水中了。

「無要緊，再撈。」

石世文看到很多毛蟹，夾住牛皮。不過，他一伸出網子，毛蟹就逃掉了。

「捉到了。」

石世文終於撈到一隻。

「放回去。」

「安怎？」

「太小隻。」

李宗文一邊拉，石世文已撈了好幾隻。他把小的放走，把大的放入方柱形的油桶。毛蟹在油桶裡爬動，從嘴冒出白色泡沫。毛蟹的特點是，螯上長毛。

「安怎噴泡？」

「大概，吸空氣吧。人在水內，無容易吸空氣，毛蟹在陸上，也同樣吧。」

石世文越撈越順手，已撈了半桶。

「宗文！宗文！」

兩人忽然聽到有人在舊莊那邊的岸上，大聲叫喊。

那是李宗文的父親，也是石世文的生父，虯毛伯。

「回來！回來！」

「要安怎？」

「我們回去。」

李宗文把船划到岸邊，叫石世文提著油桶。

「這種天氣，這種水，你安怎帶世文到河上？」

「我們去收毛蟹。」

實際上，在晚上，李宗文也陪過父親去收毛蟹。

「倒掉。」

虯毛伯把石世文手中的油桶搶過去。

「阿爸，我想要抓毛蟹給世文。」

「世文，以後不好跟他去河上。太危險。」

「嗯。」

「跪下。」

李宗文和石世文跟虯毛伯回到家裡，虯毛伯就叫李宗文跪下。他沒有叫石世文，不過石世文也一起跪在旁邊。虯毛伯拿起雞毛撣子，倒抓，用撣柄在李宗文的大腿上狠狠的打了兩下，而後，把雞毛撣子用力摔在地上，

走開了，有幾根雞毛掉落在地上。

他沒有打石世文。

「毋好安呢。阿舅、阿妗知影，會生氣，也會煩惱。你知否？」

虯毛姆對李宗文說。

「我知影，後遍不敢。」

李宗文說，眼角又濕了。

「來，阿母來替你抹藥。」

虬毛姆替李宗文抹好藥，就提了油桶，很快洗好毛蟹，用水煮了，而後把一隻一隻，煮紅的毛蟹放在盤子裡，叫李宗文和石世文吃。

「世文，這是公的，這是母的。母的有膏。」

虬毛姆說。

李宗文已經教過石世文，肚臍圓的是母的，長的是公的。

他們吃了之後，虬毛姆用銅鼎裝了幾隻，叫世文帶回家，給他阿爸和阿母吃。

朴子管

「坐頭前，也是坐後面？」

李宗文牽自轉車，問石世文。

前面是自轉車三角架的橫桿，叫虎骨。後面有鐵架，叫後架，是載貨用的，有大型，有小型。李宗文的車是大型，太寬，不好坐。

一般人騎的是二八仔。有小一點的，叫二六仔，在街上很少看到。聽說，那是女人騎的，不過很少看到女人騎車。

「我要坐頭前。」

李友文已跟來了。

坐前面，重心在前面，車子比較穩，容易騎。不過，碰到石頭路，車子一跳動，會盪痛屁股。

「友文，這一次你不要去。」

「我要去。」

李友文很堅持，石世文只好坐後面。

那是保甲路，中間石頭多，李宗文盡量騎在路側的泥土路上。

他們到了豬屠，就是屠宰場。豬屠是紅磚屋，有學校的講堂那麼大，四周只有柱子，窗子是開敞的，沒有玻璃。中間有兩根煙囪穿過屋頂，下面各圍著幾個大鍋，那是燒水，燙豬毛用的。

豬屠旁邊有一個也是用紅磚做的槽，是用來丟豬毛或雜物，在戰時，要用豬皮做皮革，連毛帶皮，都要交出去。

「那是什麼廟？」

石世文指著竹叢邊的小廟。

「大道公廟。」

「真正有豬鬼嗎？」

石世文問。

「真多人講有，無人看到。」

李宗文說。

「我毋驚。」

李友文回答。

「豬的肚和腸仔變成龜精和蛇精，大道公收他們做徒弟，有影無？」

石世文問。

「我也有聽過。」

車子並沒有停下來。

「哎喲。」

車輪輾過一塊石頭，震了一下。李友文叫了一聲，稍微移動屁股。

過了豬屠，右邊是稻田，左邊是大水河。

「那是幫浦仔頭？」

「對。不過，我們先去琼仔林。」

右邊，有一家日式房屋，是水利組合的抽水場，民眾叫它幫浦仔頭。大水河的水位較低。有一條水溝叫公館溝，流水注入大水河。幫浦仔頭就建造在公館溝邊，農田缺水時，將公館溝的水抽上來，經過一條水道，注入圳溝。

「去琼仔林做什麼？」

「過橋，就轉來。」

石世文不了解，幫浦仔頭已到了，為什麼還要過橋。

橋是水泥橋，架在公館溝上，左邊約三十公尺的下流，就是公館溝注入大水河的出口。

橋很高，有五米高，橋面很窄，只有一米多寬，只能通力阿卡車。

「會驚不？」

李宗文騎上水泥橋，往下看，問石世文。

「……」

「艙驚。」

「艙驚。」

李友文說。

「你會騎車否？」

過了橋，李宗文把車子停下來，對石世文說。

「才學會。」

「你騎回去。」

「……」

「毋免驚。你會曉游水，對無？比一層樓只高一些些。」

石世文了解，李宗文只想試他。但是他還是不敢試。

李宗文騎過去，又騎回來。騎回來時，故意騎在橋的邊緣。橋沒有欄杆，兩側各用一條鐵線，繫在三根矮鐵柱上。

「我要騎。」

李友文說。

「你會騎？」

李友文沒有回答，把車子牽過去，左腳踩著踏腳，右腳在地上踢，半推半騎，搖搖晃晃，過了橋。

「有日本人？」

他們回來到幫浦仔頭的玄關。

「日本人在組合，這裡無日本人，毋免驚。」

出來的人穿戰時服裝，綁腳絆，穿膠底足袋，戴戰鬥帽。他是一般的事務員，不是日本人，也不是軍人。

李宗文向他行舉手禮，石世文和李友文也跟著。

「什麼事？」

那個人也舉手答禮。

「我們要一枝竹子。」

「竹子？」

李宗文指著用矮竹圍住的籬笆。

「做什麼用？」

「做朴子管，空氣鐵砲。」

「一本？」

事務員看著三人。

「一本。」

「可以，你們是正直的子供。」

「多謝。」

三人同時舉手再向事務員敬禮。

事務員摸了一下三人的頭，轉身進去。

那種矮竹，直徑比筷子粗一點，管洞可以穿過筷子，也剛好可以裝朴仔子。朴仔子只有紅豆那麼大，一般的竹子太粗，孔太大，不能用，只有這裡的竹子適合做朴仔管。

有些竹子，粗一點的，可以做水鐵砲，就是水槍，在竹的節板上挖一個小洞，從開放的一邊，插進裹布的筷子，先抽水，再擠出去，形成一條水柱。更粗一點的，可以做地雷，像干樂，可以轉，轉的時候發出水螺聲。李宗文做過，會轉，不會叫，因為腹部挖的那個洞，角度不對。能做朴仔管的竹子，只這裡有。

「我也要一枝。」

李友文說。

「一枝就有夠。一枝竹子有很多節，一節可以做一枝朴仔管。」

一般的小孩去取朴仔管，都是用偷的，事務員一來，就快步逃走。他們取竹子，都沒有一次選好，不適合的就丟掉，有的丟在路上，有的丟回竹籬裡，讓它枯掉。

李宗文看準一根竹子，拔出八芝蘭刀，取下竹子，把枝葉切掉，依照竹節，切成一段一段。把不要的，丟進門側的垃圾箱。

做朴仔管，要用朴仔子做子彈。不過，也可以用粗紙做代用品。將粗紙沾濕，搓成紅豆大的小紙團，塞進去打，啪。

朴仔子長在朴仔樹上。朴仔樹是一種高大的樹，樹幹很粗，枝葉卻較軟，有一點風，就搖動起來。因為很多小孩做朴仔管，要摘朴仔子，長在較矮枝上的都被採走了。有人用竹竿，在尖端綁刀子，或將尖端劈開，做成叉狀。但是，最有效的方法，就是爬上樹，直接採摘，更高的，就要帶竹竿上去。

公會堂的港坪上有一棵朴仔樹，很高大，一半的枝葉懸在港坪的斜坡上，高度就加倍了，那一部分，較少人敢過去，所以朴仔子長得又大又密。石世文也不敢，都是由李宗文幫他採摘。

石世文喜歡朴仔樹的葉子。薄薄的，在陽光下，看來有點透明，輕輕搖動著。

「下來，下來。」

他們沒有注意，李友文已踩在公會堂的圍牆上，一手抓住朴仔樹的樹幹，正想爬上去。

「下來。」

李宗文看李友文不動，就伸手把他拉下來。

最後還是李宗文爬上去摘了一些下來。

啪、啪、啪。

李宗文和石世文和李友文，將朴仔子剝下，裝在口袋裡，一人一枝朴仔管，沿途，一邊走，一邊打。

啪、啪、啪。

獸王

烏秋是皇帝，老鷂是腳架，雀鳥是兵馬。

老師曾經說過，烏秋是益鳥，白鷺鷥和燕子也是益鳥。老鷂是害鳥嗎？

烏秋比老鷂小很多。李宗文和石世文都看過，烏秋在追逐老鷂。烏秋一邊追，一邊啄。

老鷂是大家討厭的鳥，尤其是農民。老鷂會吃老鼠，也會吃小蛇。老鷂也會吃小雞和小鴨。農民一看到老鷂在空中出現，就會把工作停下來，大聲叫喊，咻，老鷂，咻，老鷂，一直叫到老鷂飛走。

在農村，老鷂在空中盤旋，而後，急速俯衝下來，用爪夾住小雞或小鴨。在大水河上，老鷂也一樣，先在空中盤旋，而後俯衝到水面，夾住在水上漂流的獵物，可能是小雞或小鴨的屍體，而後飛到對岸的沙灘上，停下來啄食。

阿成住在石世文家隔壁第五間。他們住在後落的二樓。在舊莊，因為有人相信蓋樓房，家庭會沒落，一般人都不蓋二樓，就是有，也蓋在後落。

照理，依照舊莊的習俗，對年紀大一些的人，都要叫阿伯或阿嬸。不過，有一些做生意的人，小孩都跟著大人叫，直叫他們的名字。像賣水果的，大家都叫他阿水，不叫阿水叔，只叫阿菜，也不叫阿水嬸。

阿成，以前在賣雜貨，現在不做生意。他喜歡養各種動物，有人稱他獸王。

他養過傳書鳩，也養過軍用犬。粉鳥，日本兵用來傳遞書信，也叫傳書鳩。阿成在屋頂蓋了一個粉鳥籠，很大，李宗文、李友文都來過石世文家的屋頂看粉鳥。他們也看過阿成在屋頂上搖著旗子指揮粉鳥。

戰爭後期，他不再養傳書鳩和軍用犬。有人說是被日本兵徵用了，有人說飼料太貴，養不起。軍用犬要吃肉，當時，連人都不容易吃到肉。

也有人說他養過虎。這是不可能的。在戰爭末期，日本人怕敵人空襲，像大象、獅子、老虎、猩猩都被處死。聽說是用電電死的。李宗文曾經去動物園看過，牠們已做成標本。會是電死的嗎？如果用電，為什麼屍體完好，沒有燒傷？

阿成養動物，也捕動物。聽說，他捕過兔子，捕過蛇，也捕過猴子。

有人說，看過阿成有一把槍，是戰爭用的，是日本兵用的，聽說，有一天，他要去內山打山豬，打熊。

在戰時，李宗文養過兔子。他帶石世文去野外摘兔子菜，回來養兔子。兔子也吃其他的食物，像番薯，不過食物要先弄乾，兔子才不會拉肚子。

蛇肉吃清，可以消除體內的毒。猴子可以熓猴膠，吃補。李宗文和石世文都看過，有人將猴子裝在籠子裡，要人認購猴膠。等認足，再殺猴子。猴子是怎麼殺的，二人都沒有看過。二人看過猴膠，不過有人說那是假的，最多是加了其他動物的骨頭熓出來的。

兔子肉很細很軟，是用炒的。吃了兔子肉以後，李宗文就不再養兔子了。

阿成是不是真的有戰爭用的槍？這只是聽說。不過，他確實有霰彈槍，而且不只一把。他打鳥，打田隻、暗光鳥，也打水鴨。不過他不打斑甲。他說斑甲和粉鳥同類。

老鷂夾了食物，就到對岸的沙灘上啄吃。從舊莊這邊望過去，可以看到幾隻老鷂，像一堆一堆的牛糞，蹲在沙灘上。牠們互相之間保持一些距離。

阿成在沙灘上放了鐵夾子，捕老鷂。

「夾到了。」

有一隻老鷂被夾住了。牠張開翅膀，不停地拍動，卻飛不起來。或許太累了，牠又蹲下來，像一堆牛糞。

李宗文和石世文都看過被鐵夾子夾過的老鷂的腳。老鷂的眼睛轉來轉去，頭也是，銳利像鉤子的嘴，好像隨時要啄人。

「虬毛仔，叫你的囝仔，不要再放走老鷂。」

阿成去找虬毛伯。他們是鄰居，也算是朋友。阿成時常坐渡船。不過，這一次，阿成的表情最嚴厲，好像拿著槍要打人。

「他有放走老鷂？」

「我再講一遍，叫他不要放走老鷂。」

「你有嗎？」

石世文問李宗文。

「有。」

李宗文把手背轉過來，上面有幾條爪痕。

「你看。」
還有一處，是啄傷。
「安怎要放走？」
石世文問。
李宗文說，他看到被夾住的老鷂，就想到動物園裡被處死的猛獸。
「他安怎會知影？」
石世文問。
「他有遠望鏡。」
李宗文回答說。

市營巴士

李宗文離開公路局，轉到市營巴士。在公路局之前，他在鐵路局。先前，他想做火車司機。

火車，火車，比比叫，六點五分到枋橋，枋橋查某水加笑，轉來賣某給伊招。

李宗文在公會堂的港坪上，看對岸，枋橋那邊。大水河就在眼前。舊莊這邊地勢較高，可以看到整條大水河。右邊，遠看過去，有一座鐵橋，有四個鐵拱架。左邊，更遠的地方，另有一座平面鐵橋，架在舊店溪流入大水河的出口。

火車經過鐵橋，會鳴笛，嗚、嗚、嗚。從公會堂，可以看到整列的火車在過橋。火車一路吐著白煙，有時也會冒出黑煙。

火車從哪裡來？往哪裡去？李宗文只有模糊的概念。他想坐火車，後來，他想做火車司機。他要跟火車去很多地方。

他並沒有當正式的火車司機。

開始，他做見習生，主要的工作是洗擦火車。他擦車身，擦窗子，擦掉沾在上面的塵埃和煤灰。他也要掃地，擦椅子，清理車內。他的工作，都在火車停駛的時候。

那是什麼？他問帶他工作的人。是人肉。有人被火車輾死，人肉還黏在車底，有的在彈簧上，也有的在輪子上。有血，有時還可以看到毛髮。是男的？還是女的？帶他工作的人，有時還會反問他。有的，是上次沒有清理乾淨的，還發出臭味。

這是在哪裡輾到的？為什麼會輾到？他聽司機說，大部分的人是不小心。有的是跨越平交道，有的抄近路，跨越鐵路，有的過鐵橋碰上火車。有的是喝醉酒，也有的是自殺。

在當司機之前，要先做火夫。用鐵鏟把煤送進火爐裡面。火在燒著，火勢不能減弱，要把煤不停地送進火爐。鏟煤要有臂力，開始有些吃不消。等他習慣了，有時間休息，也可以看風景。

坐火車，過鐵橋，過山洞。以前，從舊莊遠看的鐵橋，他已經過很多次了，有時白天，有時夜晚。

他在學校裡，唱過一首歌。

一下在山中
一下在海邊
一下要過鐵橋了
不久，穿過隧洞
是一片寬闊的草原

在戰時，鐵道兩邊有軍事設施，叫要塞。車廂的窗是雙層的，一層是玻璃，一層是木板。一般人坐火車，當火車進入要塞地帶，要拉下木板窗，遮住視線。做火夫，可以看要塞。有高射砲陣地，有海防構築，是整排的木樁，是防止敵軍登陸用的。

有一次，他親眼看到一隻水牛被火車撞死。

水牛在鐵路邊吃草，不知為什麼，要越過鐵軌。火車太快，沒有辦法完全煞車。水牛被撞翻在鐵軌邊。李宗文下去，先看火車有沒有撞壞。司機林桑告訴他，這是第一件要做的事。林桑自己也下去看。他也看到水牛就躺在路邊，身上有血，肉還在跳動。那麼大的水牛，被撞出那麼遠，那麼輕易地被撞死了。

李宗文曾經聽過一個故事，好像是在印度發生的。小象被火車撞死，大象出來報仇，到鐵軌上等著火車，看到火車過來，就撞了上去。結果，火車翻覆，大象也死掉。

這個故事會是真的？象會撞火車嗎？象會撞翻火車嗎？

有一次，李宗文親眼看到，火車快到踏切，有一個人突然衝出來，被火車撞死了。林桑緊急煞車，火車還走了幾十公尺才停下來。

那會是自殺嗎？有人要自殺，用這種方式自殺，司機完全沒有辦法防止。

他離開鐵路局，轉到公路局。

日治時代，公路巴士屬鐵道局，公路局巴士，叫局營巴士。

戰爭剛結束，因為司機不足，李宗文做過代用司機。他雖然年齡不足，卻很快就學會開車，而且技術也不錯。

戰後，舊莊改名舊鎮，路是新鋪的水泥路，叫西門土，也有人稱它西門町。

他最怕開早班車和晚班車。替人代班，大部分是早班和晚班。晚班，他可以將車開到舊鎮，可以回家睡覺，明天早晨，再由舊鎮開出。這是班車的行駛習慣。有的司機不住在舊鎮，請他代班，就可以不必外宿。

對李宗文而言，代班不只是晚睡和早起的問題。

從舊鎮到台北的水泥路鋪好不久，路的兩邊是水田，很多動物在晚間會跑到路上來。有蛇、青蛙、蚯蚓，也有各種昆蟲。車子一過，就發出啪啪的聲音，輾死輪下。除了那些活物，有時也會輾到老鼠或貓。那些屍體，日子一過，經過車輪一再輾過，會慢慢消失。開始，屍體會變薄，變稀，最後只留下一點痕跡，再經過時間，或經過一陣大雨沖洗，就會完全消失。

那些動物為什麼跑到路上來，為什麼不會逃避？有時，他也會感覺，那些動物看著車的燈光，眼睛都有亮光，卻好像被懾住了，無法動彈，讓車輪輾過去。

另外還有飛蟲。車子一過，整個身體打在擋風玻璃上。那麼小的生命，撞了過來，發出那麼大的聲音，大半的飛蟲，都只在玻璃上留下一點痕跡，可能是體汁。一到站，停下車，李宗文就用抹布把擋風玻璃擦乾淨。擦掉一個點，就好像擦去一個生命。

李宗文離開公路局，直接原因是中村事件。

中村桑是花蓮港人，是番人。他專門開花蓮港線，就是蘇花公路。花蓮港線的司機，有幾位是番人。花蓮港線難開，路又彎又窄，而且有一段很長的路，是在絕壁上，一邊是山，另外一邊是海，膽子小的司機不敢開。番人，技術好，更重要的，膽子大。

李宗文在總站見過中村桑。他個子不高，皮膚微黑，顴骨高，眼睛略陷，輪廓鮮明。他現在已改姓名，叫王大洋，不過大家還是叫他中村桑。

中村桑開車去花蓮港，載了一車的國軍。他們在趕時間，一直催著他。他說，花蓮港線路窄，只能單向行車，必須等候時間。可能是語言不通，也可能中村桑說了幾句日語，引起誤會，幾個軍人毆打他。他叫車掌下車，車掌不肯，他還苦苦哀求，叫他坐另外一部車，當他開車到絕壁的最高點，就連人帶車，衝下絕壁。

「宗文，你的技術好，膽子又大，很有可能被調去開花蓮港線。」

李宗文知道，先輩說這些話，開玩笑的成分大。不過，他也覺得這也有可能。以前，中村不是也在總站？另外，有一位陳桑，家住宜蘭，也被調去開花蓮港線。公路局的司機，移動性較大是事實。

那時，有一位公路局的司機劉桑要轉到市營巴士，問他要不要去，他答應了。

黃阿桂

「宗文，你回來了？」

李宗文一進門，虬毛姆就叫住他。

「阿母，你還未睏喔？」

晚上，快十一點了。李宗文平時住在市營巴士的休息所，一個禮拜只回家一次，有時兩次。

「昨天，阿市嬸有來。」

「阿市嬸？是誰人？」

「媒人婆，來替你做媒人。」

「做媒人？做誰人？」

「王雪梅。聽得講，以前做車掌，和你做伙。她講，你和王雪梅足好。」

他做司機，王雪梅做車掌，有一段時期，同車過。

「聽得講，你以前有和她走過。」

「上下班，有時同路。」

「你有牽她的手？」

「走路，有的所在比較暗，怕她跌倒。」

「阿市嬸講，你去她家真多遍。」

「我有去二遍。去她家吃拜拜，幾個同事一起去。」

「呃。」

「我比較好的是黃阿桂。」

「黃阿桂是什麼人？」

「黃阿桂也是車掌。」

「那你就娶黃阿桂。」

「她身體無好。」

「身體無好，什麼病？」

「發生車禍，腳骨斷了。」

「腳骨斷了，有接好？」

「好像無完全好。」

「跛腳嗎？」

「有一點。」

黃阿桂是他的車掌，那一天，他停在路口，突然被軍車從側面衝過來，把車門都撞碎了。阿桂受重傷，脾撞碎，已拿掉，右腿斷了，還有臉部也有疤痕。

黃阿桂做車掌，差不多有三年，和他一起，也有五個月。她離職以後，他去看過她。

「要再來喔。」

黃阿桂的母親說，拉著他的手。

李宗文再去看她一次。後來又去看她。

黃阿桂的母親又拉著他的手，叫黃阿桂站近一點。黃阿桂微笑著，略微低頭，她的牙齒又白又整齊。她把頭髮留長，遮住側額的疤痕。

「黃阿桂是什麼款的查某囝仔？」

虬毛姆問。

「她真乖。」

她愛笑，也很有禮貌。司機在休息室，她只要有空，就倒茶給他們。每個司機都喜歡她，也有一兩個司機在追她。自從她受傷以後，他們就不再那麼接近她，她辭職以後，就很少和她連絡了。

「你有合意？」

「我是司機，她是車掌，鬥陣過。」

「你有想娶她？」

「那時，有別的司機在追她。」

「現在呢？」

「她的身體……」

「那你就娶王雪梅。是他們請媒人來的。」

「性情無合。」

「媒人說她真無壞。」

「她……」

「媒人婆講足多好話，講她和她厝的好話。」

阿市嬸住在舊鎮，他在街上見過，四十歲左右，頭髮打一個髻，時常插一朵粉紅色的假花。看來很老成，也很和善，看到人就笑，尤其對家裡有適婚年齡子女的母親，不管在市場，或街上，一定會停下來，和他們講話。

媒人嘴，糊累累，有時，她說了一大堆好話，實際上卻不是那樣。

自從車禍發生以後，他去看過黃阿桂多次。他也常常想到她，尤其是晚上。當時，他如果開快一點，或者開慢一點，車禍可能不會發生。

他的同事，司機和車掌都安慰他，說他不是故意的，這也是黃阿桂的厄。

「跛腳，會好？」

虯毛姆再問李宗文。

「已好真多了。」

李宗文對黃阿桂有好感，但是她現在的樣子，她的脾臟已被取掉，真的對身體沒有關係？這一點，他沒有對母親提起。

黃阿桂住在枋橋，和舊鎮只隔大水河，坐渡船過去，走二、三十分就到枋橋街仔。他知道母親不願意失去任何機會，可能會請人去探聽。

「宗文，我想去看看阿桂，你要陪我去？」

有一天，司機頭蔡桑問他。

李宗文並沒有想到蔡桑為什麼邀他。實際上，他也想去看看阿桂的近況。

「蔡桑，李桑，來坐，來坐。」

黃阿桂的母親出來接他們，黃阿桂跟在後面，微笑著。她走路很慢，已不用枴杖了。

「李桑，你最近較無閒？」

「做司機，時間不能按算。」

黃阿桂端茶出來，先給蔡桑，再給李宗文。她的手很白，手指細細長長的。她穿著長褲，看不到腿上的傷痕。

他們談了二十分後，蔡桑站起來。

「我先回去。」

「我……」

李宗文也站起來。

「你再坐一下。」

黃阿桂的母親送蔡桑出去，留下他們兩人。

李宗文忽然想到，蔡桑邀他，很可能是黃阿桂她的母親拜託他。

「妳有要緊？」

「腳骨已好多了。」

黃阿桂站起來，走了幾步。

「宗文，阿桂的事，你要小心想一下。」

回去公車休息處，蔡桑對他說。看來，蔡桑並不鼓勵他。

和他比較要好的司機朋友，贊成的少，反對的較多。很多司機娶車掌，不過他們說，在車掌裡面，可以另外找到很好的對象。

車掌也分成兩種想法。阿梅、月嬌不贊成，秀卿贊成。秀卿的看法是，人好，比什麼都重要。不過，阿梅她們說她，跛腳的女人，不像女人。她還說，月嬌喜歡他。

重要的是，醫生說，沒有脾，對生活的影響不大。影響不大？還是完全不會有影響？開始，他去看她，只是因為她受傷。但是，大家在爭來爭去，黃阿桂的影像就更加鮮明了。她的牙齒，她的手，還有她端茶給他的情況。在她還沒有受傷之前，有一次下班，是晚班，已快十一點了，他邀她去吃麵，他曾經握過她的手。他送她回住所。

如果她沒有受傷，情況會發展下去？

他已想到，她受傷，他是不是有責任？

「是對方撞你的。」

每個人都這樣說。

媒人婆又來了。她去市場，去廟寺，就會順路來看虯毛姆，問她有什麼決定。她說，這種事，要尊重李宗文的決定。

有一天，李宗文接到黃阿桂的信。她的文章很通順，字也不錯。他看過她的字，應該是她自己寫的。她說，她要去看醫生，約他在新公園見面。她把時間和地點清楚的寫在信上。

「我會去，你不來也沒有關係。」

要去嗎?李宗文又請人代班。

「妳坐火車來?」

李宗文看到黃阿桂靜靜的坐在水池前的石條椅上，看著水池裡的水蓮。

「嗯。」

她站了起來。

「妳等很久了?」

他坐下。

「二十分鐘。」

她低聲說。

「醫生安怎講?」

「會慢慢改善。」

母親去打聽，並沒有打聽到取去脾臟的事。媒人婆也沒有提到這件事。不過，她有一個結論，每個人都說她很乖巧。

「妳喜歡水蓮?」

李宗文指著水池中的水蓮說。

「喜歡，喜歡。李桑喜歡嗎?」

「喜歡。」

他們在水池邊坐了約三十分鐘。

「我要回去發車了。我送妳到火車站。」

「不用了，我自己去。」

分手的時候，他看到她的臉上掠過一點陰影，但是，立刻轉為笑容。她剪了票，走上月台，還一直回頭過來向他揮手。看來，她的腿，幾乎和正常人一樣了。

三天後，他寫信給她，約她在枋橋的林家花園。黃阿桂就住在那附近。在小學的時候，他參加遠足，去過林家花園。

他發現，林家花園和以前完全不同了。在牆邊，蓋了很多鐵皮屋，叫違章建築，都是大陸來的人，臨時住的。花木也遭到損壞，路和水池裡，到處丟著垃圾。有人說，這更像難民營。

「我約不對所在了。」

「無要緊。會得見面，我就歡喜。」

黃阿桂說，今天她穿了長裙。

他看著她放在膝蓋上的手，想到她在剪車票，也想到她端茶給他。

「李桑，你有沒有想看看我的傷痕？」

黃阿桂說，看了他一眼，而後低著頭。

「傷痕？」

「大腿上的傷痕。你不想看，也沒有關係。」

「我，我要看。」

黃阿桂沒有說話，把裙子拉了起來，一條疤痕大概有十三、四公分長，顏色有濃有淡，形狀有一點像腳車藤。

「呃。」

「這裡還有，不過，你不能看。」

黃阿桂按著腹部。

「宗文。」

「蔡桑。」

「我要給你做媒人。」

「做誰人？」

李宗文以為是阿桂。

「月嬌。」

「蔡桑，我要娶阿桂。」

「呃。阿桂人也無壞。不過她的身體……」

「阿母，我要娶阿桂。」

「你有想清楚無？」

「有。」

「你想要承一個病人轉來飼？」

「阿母，你會喜歡這個查某人。她不是病人。」

「她會生囝仔？」

「會。」

「誰人講的？」

「我有問醫生。」

「你正經要娶她？」

「嗯。」

李宗文用力點頭。

婆媳

虯毛姆去田邊採青草，暈倒在田裡，田水還不到三寸，她趴在田裡，淹死了。

阿桂很自責。阿桂要陪她，她不肯。她是瞞著阿桂出去。醫生說，虯毛姆有羊癲癇，不能近水邊。

阿桂嫁李宗文以後，婆媳二人相處很和好，厝邊隔壁都很欣羨。虬毛姆時常帶她去市場，拉著她的手，碰到熟人就說，她是宗文的某。

虬毛伯在撐渡船，晚班較多，早晚要送飯去給他，以前是虬毛姆送，現在換阿桂了。虬毛伯碰到熟人，也會說，她是宗文的某。

虬毛姆喜歡採青草。對岸是一片沙埔地，多種著番薯、土豆，冬天也種高麗菜和菜頭等，路邊有許多野草。舊鎮這邊，以水田為主。虬毛姆採青草，多去對岸，那邊種類多，也安全。不過，有時，她也會去田邊採摘。有些青草長在水邊。

採青草，可以自己用，也可以賣給青草店。

先前，虬毛姆也常帶阿桂出去。阿桂也認識很多青草。像豬母乳就可以當菜吃，味道像番薯葉。戰時，有不少人吃過，而且還當主食。蚶殼草是民眾最熟悉的草。可以泡茶，可以是飲料，也可以做菜。鼠麴草可以做鼠麴粿。阿桂吃過虬毛姆親手做的鼠麴粿，她很喜歡那種香味，認為是她吃過最好吃的草粿。虬毛姆也教她如何分辨鼠麴草和鼠麴舅的不同。花不同，葉有不同，做了粿，味道更不同，所以一定要採取鼠麴草，長著粉紫色的莖葉，小黃花球，才是鼠麴草。

雞屎藤，名字不好聽，也的確有一種臭味。不過，它很有用，可以做藥，也可以做粿。虬毛姆說，它可做止咳、去痰的藥，阿桂氣管不好，可以多吃。

「這是臭川芎。」

虯毛姆在路邊拔了一株野草，雙手搓了一下，手掌就染了黃綠色的草汁。她自己聞一下，也伸手給阿桂聞。腳扭到了，用臭川芎的葉搓一搓，會有效。

「這是什麼花？」

她們走到水溝邊，看到一種葉子大、開紅色花的植物。虯毛姆還伸手拔了一朵花，把花梗遞到阿桂嘴邊。

「妳吸一下。」

「很甜。」

阿桂吸了一小口。

「這叫什麼花？」

以前，虯毛姆帶她割過它的葉子，拿回來墊紅龜粿。

「蘭鳥仔花了。」

虯毛姆笑嘻嘻的，將蓮蕉花說成蘭鳥花。

開始，阿桂有點不自在。不過，她很快就了解虯毛姆的用意。她有一種感受，虯毛姆想讓她知道，她們是婆媳，卻更像姊妹。

阿桂的皮膚很白。她一曬太陽，就變紅，紅色一褪，就又變白，不會變黑。有一次，她和虯毛姆出去採青草，陽光很強烈，也曬久了一點，皮膚冒出水泡，有些地方脫皮，有些地方嚴重一點的，爛掉了。

那以後，虯毛姆就不再帶她，自己一個人偷偷出去。

「阿母，𣍐使的。醫生講，𣍐使一個人去水邊。」

「我不會去水邊。」

但是，她還是去水邊，而且出事了。

「阿母，妳安怎毋聽人講咧？」

虯毛姆不肯再讓阿桂陪她出去，還有一個原因。

阿桂懷孕第一胎，流產了。

第二胎，她生了一個男孩，卻不足月。他出來時，肚子的皮膚太薄，是透明的，從外邊還可以看到腸子在蠕動。

「妳不能再懷孕了。」

李宗文對阿桂說。

她去藥房買避孕藥。有人告訴她，避孕藥很傷身體，卻不一定有效。藥房的老闆賣給她的不是避孕藥，是維他命。

她去問過產婆。產婆告訴她，月經剛過，有一兩天的安全期。她第三次懷孕了。

「宗文，我死了之後，你要多疼元景這個小孩。」

阿桂肚子越大，就越感到不安。

「妳不要亂講。」

「宗文，我死了之後，你要再娶喔。可以照顧你，也可以照顧小孩。」

「妳不要亂講。妳不會死，妳會生一個很水的小孩。」

「宗文，我死了，你不要哭，你要多笑喔。」

阿桂的死，醫生說是心臟麻痺。實際上，以前也有發作過，她感到胸部一陣絞痛。這一次也一樣，來得很突然，他們想送她去大醫院，卻來不及了。小孩也死在肚裡。

李宗文趕回家，她早已斷氣了。

「阿桂，阿桂。妳安怎就死了。」

李宗文抱著阿桂，一邊流淚，一邊撫摸著她，撫摸著她的臉，撫摸著她的身體。

「阿桂，阿桂，哎。」

她的臉的肌肉和表情慢慢緩和，她半睜的眼睛也完全闔起來了。他發覺，她的嘴角，好像露出一點微笑。

為什麼不到一年，家裡就死了兩個人。有人說是風水。虬毛伯有一點相信，叫風水師再去看一下先代的風水。

李宗文完全不相信。母親，只要不靠近水邊，應該不會有事。阿桂的身體虛弱。他是完全沒有想到就這樣死了。

有人說，她們婆媳二人，感情太好了。虬毛姆走了，也把阿桂帶到身邊。

阿桂死了，經過一年，司機蔡桑來找李宗文，問他要不要再娶。他說，月嬌還沒有嫁。月嬌已二十七、八了吧。

「我答應阿桂，三年之內不會再娶。」

他為什麼說謊？他覺得，他實在想不出更好的回答。

點頭司機

「司機先生，請你好好的開車，好不好？」

李宗文開車，沿途跟人打招呼。

從對方開過來的，同路線的公車，他和司機招手。同路線的司機，他都很熟。有時，不同路線的司機，他也會招手。後來，改點頭。

以前，他開過四路和八路的車，現在路線沒有改，只是號碼已換掉了。四路和「死路」音似，「八路來了！」有人看了車子，就大聲喊。

他也會和等車的人打招呼，雖然不是坐他的車。有一家中藥店，在站牌附近，有時他會多開幾公尺，停在藥店門口，和老闆招手。老闆有空，也會走出來門口看他。

起先，他是招手，後來他改用點頭。點頭，動作比較大，好像連身體也搖動起來。

「那樣開車，很危險。」

有人說。

「他很有禮貌。比看那些後娘的臉孔，舒服多了。」

「要多笑。」

每次，開車之前，他都會想起阿桂的話。

有些司機，會將香袋掛在車窗後。他的香袋，是放著阿桂的相片。他很少打開香袋，不過，他知道阿桂在裡面。

「司機先生，拜託，我們在趕時間。」

有時，李宗文看到後面有公車跟著，他會閃一下，讓後車先過去。以他的經驗，讓一下，走完全程，不會慢到十分以上。

「哎唷。」

突然，車內有乘客叫了起來。

有一輛三輪車，在公車的左側，差一點翻覆。車夫用手壓著公車的車身。三輪車上面沒有乘客。

「媽個屄，給我下來。」

李宗文下去，看一下公車沒有損傷，三輪車根本沒有碰到它。

「媽個屄！你要賠。」

「賠什麼？」

「媽個屄。你亂開車，撞壞我的車子。」

「車子，哪裡撞壞？」

「你自己看。」

「沒有什麼嘛。」

「根本沒有碰到嘛。是你自己閃路人，差一點撞到公車。」

有個乘客站了出來。

「是你不好嗎？」

另外的乘客說。

「我們走嘛。」

李宗文再看了一下，轉身要回公車。

「等一下。你大車撞小車，打算一走了事。」

「什麼事？」

警察走過來。

「他撞到我的車，媽的！」

「沒有了，是他自己不好。」

又有乘客做證。

「你走罷。」

警察揮一下手，叫李宗文開走。

「就是他，開車不專心。」

有個乘客下去看了一下，又上來。

這一班車較早，乘客學生較多，下面的一班，載的多是上班族。他實在沒有想到，一天裡面，不到兩個鐘頭，連續發生了兩件事。

「停，停。李桑，停車。」

車掌玉英大聲叫著。

「什麼事？」

「他，他摸我，摸我胸部。」

玉英一手拿著票剪，一手抓住一個五十多歲的男人的手。

那個人，李宗文認得。他喜歡在上班時，乘客多，擠在車門口。每次叫他進去一點，他都會瞪人。

「車子那麼擠，是她碰到我。」

「他摸我。」

玉英的聲音有點嗚咽。

「她，她打我。」

他指著玉英手裡的票剪。

「幹！」

一個中年人，穿襯衫，打領帶，是上班族。

「幹什麼幹！我告你。」

「幹，豬。」

「你們這些台灣人，沒有八年抗戰……」

「八年抗戰？笑死人了。你有沒有見過日本兵？你有沒有向日本兵開過槍？你有沒有打過砲？我看，你只打空包彈。」

「哈，哈，哈。他只打空包彈。」

車內有人笑起來。

「你……你漢奸！」

「不要吵了，快開車。」

實際上，車子並沒有停下來。

「開到派出所去。」

「是她碰我。」

「你卡鉛骰了。」

「拜託，我們要趕時間，我們要上班唉。」

李宗文把車子開到派出所前面。那個人很快下車，走開，一下子就不見了。

「幹，豬。」

「不要講那種話。」

「快開車，好不好？快遲到了。」

為什麼呢？一天，還不到兩個鐘頭，就發生了兩件事。李宗文有一種奇怪的感覺。實際上，那一年，不到一年，母親和阿桂相繼走了。李宗文略微抬頭，瞄一下窗後的香包，繼續開著他的車。他發現，手有一點抖，這是以前沒有過的。

車上，除了摸乳，還有扒手。摸乳都是個人行為，扒手多是集體行動。有一次，另外的司機告訴乘客，要小心提包，在回家途中，就遭人痛毆一番。

過了幾天，李宗文和玉英都接到通知，被記申誡一次，理由是不專心開車，和乘客發生爭執，耽誤多數乘客。

玉英痛哭一番，不久，就提出辭呈。

這是會影響考績的，當然會影響到獎金。李宗文默默想著，阿桂叫他多笑。有時，他會感覺，真的笑不出來。

泥濘路

風颱尾，昨天又下了一陣大雨，李元景住的地方，還有積水。他的房子是租的，租在四樓，這附近，一下雨就積水，積水一退，路上還積著污泥，有些地方鋪著木板，有些地方是磚塊。

銀行一開門，李宗文就去匯款，現在，拿了匯款的收據來給李元景。

李宗文正想如何過去，看到李元景和春梅在他們家樓下門口。李元景是穿著打球的服裝，身邊放著球桿袋。春梅脫下拖鞋，撩起裙襬，蹲下身，抱著李元景的臀部，把李元景背起來，一步一步涉過泥水地。李元景，雙手緊抱著她的前胸。

「爸。」

李元景和春梅走過泥水地，同時看到李宗文。

「要去打球？」

「對。今天晚了一點，應該不會下雨。」

昨天下了大雨，還打雷。有人說，一雷破九颱，風颱天不打雷，昨天的確有打雷。會下雨嗎？會打雷嗎？李宗文抬頭看看天空，有些地方露出青天，有些地方還有很厚的雲層。聽說，打雷很危險，以前就有人，在球場，被雷擊斃。

春梅回到門口，把球桿袋背過來，她的腳全是泥巴，像是穿了鞋。

打球是李元景的興趣，也是事業的一部分。其實，現在打球，已很不普遍了。石世文不打，不過李友文很熱，只要有空，就出去打。對李友文，打球真的是事業的一部分。

「你不要小看這個小白球，只看到它在空中飛，在地上滾。它是有許多玄機的。」

李友文曾經對李宗文說。

李元景開了一家建設公司，為了包工程，也為了向銀行融資，他要做公關，要邀人打球。打球本身，也是一種很好的運動。

「今天，和工程處的科長打球，已約了三個禮拜才約到。」

「這是收據。」

「呃。這可以周轉一下了。春梅，妳收起來，等一下，打電話對一下。」

李元景說，背起球桿，走到巷口，叫了一部計程車，走了。

「爸，要不要進來坐一下？」

「妳要背我？」

「好呀。」

「小孩呢？」

元景有兩個小孩。

「在上面。」

「算了，我下一次再來。」

春梅又涉過泥水地回去，門口預先放著一桶水，她用水沖一下腳，提了空桶，回頭向李宗文搖手，上樓去了。

元景說，要把生意做大。自己一個人賺錢不容易，要有人，也要有錢幫你賺錢。三叔李友文蓋房子賺了不少錢。李友文賺錢，除了蓋房子，就是買賣土地。實際上，蓋房子和買土地，是可以同時做，也能夠同時賺錢。

李元景原來是在李友文的建築公司幫忙，看友文做得很不錯，就自己出來開公司。

李元景發現，李友文賺錢，土地的漲價大於建築部分的盈餘。他的想法是，土地有限，一定會漲。

李友文曾經警告過他，土地有限，資金也有限。土地不可能無限制的漲。他說，台灣很多事，像養鳥、種蘭，都是炒出來的，先前的人賺到，後來的人就賠慘了。一株蘭，從幾百元漲到幾十萬，再由幾十萬，跌回幾百元。

「鈔票又不是自己印的。」

李友文還對李元景說。

戰後，國民政府來台，拚命印鈔票，幣值慘跌，不到四年，四萬元就只能換一元了。那時，李友文還小，是初中生，印鈔票，是指這件事嗎？

「資金不是無限的。資金也要成本。」

李元景似乎沒有聽懂李友文的話，一直借錢買土地。果然，像李友文所說，土地不但不繼續漲，反而跌價了。借的錢，要付利息。借錢越多，利息負擔越重。

李元景借錢，李宗文還替他做保。土地在漲，只要關係好，就可以借到錢，保證只是形式。土地跌，借款人無法還錢，銀行就找保證人。

李元景向銀行借錢，李宗文曾請李友文做保。李友文拒絕了。不過，李友文借給他一筆錢，還說只借一次。李宗文也代向石世文借過，金額少一些。石世文是教員，薪水固定，也不善於理財，薪水都要交給里美。

現在，李元景連繳利息都有困難了。

「把土地賣掉一部分。」

李友文建議他。

「賣多少，賠多少。賣越多，賠越多。」

李元景賣掉自己的房子。那是他賺錢時所蓋，完全是為自己設計的。春梅哭了好幾天。

「我會再蓋給妳，更漂亮的。」

銀行來查封李宗文的房子。看來，遲早會被處分。

現在，他還有退休金。要提前退休？銀行會查封退休金？如不退休，銀行會來查扣他的薪資？有些同事很同情他，還湊了一些錢借給他，他把那些錢匯款給李元景。看來，錢是還不完的。李元景說，錢賺錢，才能賺大錢。錢也可以讓人賠死。像一個大洞，永遠賠不完。

李宗文一想到元景，就想到阿桂。阿桂說，元景這個孩子，不足月出生，要多照顧一下。他還記得，他剛出生，肚子是透明的，還可以看到腸子在蠕動。

阿桂走了之後，剩下他一個人了。他記得阿桂的話，要多照顧元景這個小孩。春梅盡力照顧他，李宗文也看到了，不過，阿桂走了之後，他總覺得一個人，要做兩個人的事。

牽手

李宗文有感覺，機車在台灣的經濟起飛，扮演了很重要的角色。

台灣的疆土不大，加上山丘多，溪流多，而機車的特點是在於輕便和靈活。還有一點，大家買得起。

但是，到了經濟起飛以後，機車多少也變成了發展的瓶頸。

很多國家，尤其是開發度較低的國家，都有過機車時代，但是時間較短，規模也不大，不像在台灣已變成了一種文化形態。

什麼是台灣的機車文化呢？在擁擠的馬路上，橫衝直撞，騎士眼中沒有紅燈，也沒有單行道。他們停滿了人行道，還經常在人行道行駛，搶奪了行人的空間，有時看到前面有人，還鳴喇叭，企圖趕開行人。這也是一種乞丐趕廟公。

不過，機車造成的最大的社會問題，是飆車文化。

李宗文住的地方，也經常看到飆車族。有時在清晨，有時在深夜，那些飆車族從巷道風馳電掣而過。他們故意拆除消音設備，增加分貝，誇大勇猛的效果。

這個社區，巷道多而窄，而且有許多單行道。但是，機車可以上山下海，他們心中哪裡有單行道。實際上，心中沒有單行道的，並不止這些人，有些開汽車的也一樣。

有一天早晨，一位七十多歲的老人出來散步，在公園邊的單行道上，被逆向而來的機車撞成重傷，大腿骨折斷，在醫院足足躺了三個月。肇事者是逃逸無蹤了。

阿欽伯也快七十歲了。他自公賣局退休下來以後，就在附近的觀音亭做義工。居民只要早一點從那裡經過，就可以看到他穿著反光衣，手裡拿著一支竹掃把，在廟庭上清掃落葉、狗屎和晚上情人們留下來的垃圾。居民也看到他在灑水。他的工作還包括廟亭旁的巷道。

這條巷道是單行道，也就是先前那位七十多歲老人被撞傷的地方。

那巷道的兩端都有巨大的白色箭號，指示行車的方向。阿欽伯掃完地之後，就會站在路邊，指示逆向行車的人，轉向回去。有人會聽，也有人加速從他身邊急閃過去。

那位老人還沒出院，就又有人被撞了。那是一個孕婦。幸好，她只是擦傷，也沒有傷到胎兒。

這一次肇事，是在上午十點多，肇事者被抓到了。

肇事者只有十九歲，穿著緊身褲，頭髮還染成咖啡色。他向警察供稱，他在趕時間，他也不知道那個孕婦為什麼沒有看到他，竟然橫過巷道。

他還對警察說，他經常在巷道行駛，都會注意到經過的貓狗，也都會注意兩邊，不知道人為什麼只注意一邊。聽他口氣，人只看符號，貓狗看車輛，好像人不如貓狗了。

阿欽伯聽了很生氣。他由勸人改擋人，擋人無效改打人了。只要有人逆向而來，他就橫著竹掃把，掃打過去。有時打到人，有時打到車，有時人車都沒打到，空揮了竹掃把，人也空轉了一圈。

本來，那些人逆向行車，只是為了方便。自從阿欽伯打人之後，就有人故意來挑釁。有時來了一輛、兩輛，有時一下來了七、八輛。他們在阿欽伯身邊繞來繞去。

阿欽伯也不認輸，拿起竹掃把，亂揮亂打。有一次，還有一個年輕人被他打到，打斷了一顆門牙。

有人勸阿欽伯，不要去理會那些小瘋子。他們說，那些人連警察都不怕。

阿欽伯不聽，還是繼續打人。

有一天清晨，有人發現阿欽伯穿著反光衣，躺在巷道上，竹掃把丟在一邊，死掉了。他的頭部還流著血。有人說他是有可能被機車撞死了。

這是意外？還是故意？肇事者早已逃逸無蹤了。

阿欽伯死後，阿欽姆哭了一整天。第二天，也不顧家人的反對，就到廟亭做義工。同時，她也開始打人了。她好像打人比掃地還賣力。有人說，阿欽姆有些瘋狂了。

阿欽姆年紀雖然比阿欽伯小一歲，卻也已經六十五歲了。她是女人，而且身體本來就不如阿欽伯，所以連打人都是很辛苦的。只看到她空揮著竹掃把在那裡空轉，和那些呼嘯而過的機車，及騎士們的謔笑聲。

那附近的居民都知道，阿欽姆是個很和善的人。但是，她臉相不好，有點像哈巴狗。這外人是不知道的，只看到她的臉相，尤其是在生氣的時候，一定會感到害怕。

不到幾天，阿欽姆也死了，在同一個地方。也是被撞死的？是意外？還是故意？第一次，有可能是意外，但是第二次，故意的成分就大了。警察是這麼想的。

警察還說，現在的年輕人是非常可怕的。有一次，警察抓到路上相互砍殺的飆車族，警察問他們，有人說看到對方就滿腹怨氣，也有人說飆車撞人就是爽。這就是他們想撞人的心態了？

他們一連撞死了兩個老人，也是這種心態嗎？

這一次，肇事者也沒有抓到。

警察在臨檢現場時，發現阿欽伯夫婦兩個人被撞死的地方很近。阿欽伯的人形還在那裡，只是相當模糊了。他們的腳離開較遠，一個朝東，一個朝西。不過，頭部靠得很近，手也快碰到了。警察在畫阿欽姆的人形時，把她的手畫長了一點，讓他們碰觸在一起。

平時居民看到阿欽伯和阿欽姆在路上走，都是一前一後，很少看到並肩走在一起。例外是，他們推孫子出來散步的時候，兩個人會一起推著車子，他們的手已碰在一起了，那位警察在畫人形的時候，是不是也看過那種情景？

阿欽姆死的時候，阿欽伯還沒有埋葬。後來，他們就一起出殯了。至於，阿欽姆是不是有意死在一起，埋在一起呢？

自從阿欽伯夫婦死亡以後，沒有人來當義工了。市政府那邊只好派人來清掃廟亭和旁邊的巷道。不過，後來的人只管掃地，看有機車經過，不管順向或逆向，都趕快遠遠的躲開。

車禍

救護車將李宗文送到醫院的急診處，有人推來病床，教他躺在上面。他身體一向不錯，是第一次住院。

病床被推到走廊，靠牆停下。他看到還有其他病人。

他知道發生了車禍。他聽到司機急煞車，軋的一聲，人好像被強力推向前方，有人跌倒，有人撞到。

「阿伯，哪裡痛？」

護士小姐問他身體的狀況，也幫他填了一些資料。

「這裡。」

他感受胸部隱隱作痛。不是很痛，不過，他知道，也看過，有人碰到車禍，開始沒有什麼，後來病情突然轉壞，甚至喪命。

他還記得，當時，他用力抓住前面座椅的靠背的鐵桿。是不是因為他開過公車，反應比較快。不過，他還是撞到了臉部和胸部。

護士小姐問過以後，轉去問其他人。不久，醫生來了，拿了剛才護士小姐填的表，問了他一些問題，有些和護士問的相同，也看看他的臉部和胸部，並一一記了下來。

沿著走廊，靠牆，各邊有三個病床。他看到其他的病人。他們都是這次車禍的傷者嗎？多數人是靜靜躺著，有一個中年婦女在叫痛。她的小腿前面有一塊瘀青，那叫腳鼻廉，是最會感受疼痛的部位。

「我的腳斷了。」

「腳很好，沒有斷。」

一個醫生手拿著X光片指給她看。

他看到公車的司機，也受傷，也躺在左邊的病床上。從制服，可以辨認。最遠的一個，也是婦女，她的嘴唇有血跡。

「斷了幾顆？」

她問醫生。

「一顆。」

「可以補嗎？」

「當然可以。」

今天是禮拜天，李宗文坐公車，想去看孫子。

春梅告訴他，大房子換小房子之後，孫子很不習慣。本來，兩個孫子，各有一間大房間，現在，兩人必須擠在一個小房間裡面。

警察來了。他先問司機，車禍如何發生。

「那個人，突然從安全島跑出來，要越過馬路。」

「你沒有按喇叭？」

「那個人忽然間衝出來，沒有時間按喇叭。」

「那你就撞過去了？」

「我，我有踩煞車。」

「還是撞上了？」

「他怎麼了？」

「阿伯，你怎麼了？」

警察沒有回答，轉過去問李宗文。

「撞到了。」

「撞到什麼地方？」

「前面的座椅。」

「急煞車？」

「對。急煞車。」

「他開得很快？」

「普通了，四十公里左右。」

「你怎麼知道？」

「我開過公車。」

「四十公里，在市區是不是太快？」

「一般，可以開到五十幾公里。」

「你呢？」

「我，我膽子小，開四十幾公里。」

「開四十幾公里，有人突然跳出來，可以煞車？可以不撞到人？」

「要看他如何跳出來。車如果很靠近，開三十公里，也是煞不住的。」

「也是會撞上去？」

「對。」

「你可以作證？」

「作證？」

「檢察官問你，你把剛才的話再說一遍。」

「可以。」

「他怎麼了？」

司機再問警察，警察依然沒有回答。

那個人，會是自殺？

李宗文也曾經想過自殺的事。阿桂曾經交代，要多照顧元景這個孩子。照顧元景，春梅做得很不錯。目前，元景更需要的是資金。如果他死掉，元景能夠拿到一筆錢，對他可能有更大的幫助。

他曾經想過保險的事。他年紀大了，保險公司會有意願嗎？他了解，自殺是拿不到保險金的。

自殺是不行，如果是意外，也許可以拿到一筆賠償金。如何造成意外？

什麼情況才能容易造成意外？

路口設有紅綠燈，只閃著紅燈或黃燈，而不變換。對一些司機，那只是一種「參考」。在夜晚，人少，尤其下著毛毛細雨的時候，很多人會開快車過去。

像今天的情況，有人從安全島的樹後突然衝出來。這種情況，容易被撞，卻是違規。

他開過公車，了解行人穿過馬路的習慣，以及司機要如何才能避免撞到行人。他的做法，不管什麼情況，不開快車。

計程車容易肇事，不過，計程車多賠不起。摩托車更賠不起。很多人以為女人開車較小心。大部分的女人這樣，不過，有一部分比男人開得更勇猛。開轎車的，也不一定每個人都有錢。

公車處的專員也趕到了。他是來調查車禍和受傷的情況，可以做賠償的建議。

「阿伯，哪裡痛？」

專員詳細問了司機之後，轉過來問李宗文。看來他並不知道李宗文做過公車的司機。

「這裡。」

李宗文指著胸部。

「很痛嗎？」

「會死嗎？」

旁邊，另外一個傷者問。

「不會，不會。」

專員笑了一下。

是怕死？還是，說重一點，或許可以拿到多一點的賠償？李宗文看著那個人想著。

「那個人怎麼了？」

李宗文問。

「哪一個？」

「被撞的。」

「不很好。」

「死了嗎？」

司機突然插嘴問。

專員瞄了他一眼，搖搖頭。

「死了嗎？」

專員沒有再回答。

「爸爸……」

突然，從裡面傳來哭聲，是女人的哭聲。

「是他嗎？」

司機叫著，眼睛有淚水。

「你安靜一點，好好療傷。」

李宗文了解，一些司機，膽子大，平時喜歡開快車，一旦產生車禍，尤其是撞死人，有的痛哭，有的搥胸，有的一句話也說不出來。

「他，他沒有死，對不對？」

專員還是不回答，轉頭去問別的傷者。

李宗文用手按住床緣，想坐起來，表示傷勢不重，卻又躺了下去。

他不知道可以拿多少賠償金。他想到元景，不，他又想回來，不管多少，他更想將錢捐給被撞的那個人，或者他的家屬。

望遠鏡

公園裡，有一個水池，水池的中間有兩個人造島，上面種植著各種樹木。李宗文比較熟悉的有尤加里樹和垂柳。從前，他開公路局班車，路的兩邊種有一排排尤加里樹，樹幹的下半截塗著白漆，晚間看來很醒目，可能是為了防止開車的人，因視線不好，撞了上去。

他已退休，有空就去找元景，也看看媳婦和孫子。公園的一角，兩條大道的交叉點，設有公車站，他可以在那裡換車。時間早一點，他也可以去公園走走。

平時，除了公園，植物園，他也喜歡去動物園。這些地方，裡面都沒有車。他開過公車，不過現在他有點怕車，怕各種車，包括摩托車。

動物園裡面有一種味道，是動物的排泄物的味道。他想，那是大自然的味道。現在，他對那些被關在獸檻裡的動物，有一種不同的感受。牠們沒有自由。更重要的，牠們已喪失覓食的能力。他也想到，有些動物，在野外，因為不同的原因，就要從地球上消失了。

他看著水池的周圍，是用大小不同的岩石砌成的護岸，上面是草坪，草坪上也種著不同的矮樹，最多的也是垂柳，也有變葉木。草坪外面，圍繞著鐵欄，更外面是小路，水泥路，路邊放著石椅條。鐵欄邊立著一個牌子「水深危險」。

水是混濁的，略呈褐綠色。水並不深，較淺的地方，可以看到水底的石頭，是更淺的褐綠色。

下午三點多，天上的雲變幻很快，本來是白色厚疊的雲層，很快地遮住天空，變暗了。會下雨嗎？

水池的外圍也是草坪，種有較高大的樹，多有名牌，有橡樹、榕樹、苦楝、茄苳、欒樹。也有竹叢。草坪上，有麻雀在跳躍，啄食。也有斑甲。更多的是鴿子。那些鴿子，是人家飼養的？還是野生的？

李宗文看到石椅條下面有菸蒂。幾乎，每次來這裡，都會發現菸蒂。他把菸蒂撿起來，拿去垃圾桶丟。在草坪上，也發現兩根。有人抽香菸，順手把它彈出去。他看過司機同伴做過，在晚上，那菸蒂，還帶著火點，在空中畫出拋物線，掉在地上時，還濺出火星。

在另外一個椅條上，坐著一對年輕男女，緊緊抱在一起。他們是從什麼時候抱到現在？那椅條下也有菸蒂，應該不是他們丟的吧。他怕打擾他們，沒有去撿。他還記得，在戰時，在戰爭剛結束，香菸缺少，有人撿起菸蒂，拆開，重新捲成香菸，有的自己抽，有的還拿出去賣，一根一根的賣。有人，為了捲香菸，還製造一種手動機器。

李宗文坐在椅條上，望著人造島。

公園裡，有許多鳥，有鴿子、斑甲、白頭殼、雀鳥、青笛仔。有的在叫，有的在跳。

在水池那邊，在樹叢裡，有白鷺鷥，有暗光鳥。暗光鳥，或許是因為白天，不是牠們活動的時間，都靜靜的站著，像中國古畫裡，穿著蓑衣的老翁。也有的飛到這邊的岸邊，有的站在水中，靜靜等著，有的還可以游水。李宗文完全沒有想到暗光鳥會游泳。這些鳥，尤其是大一點的，像斑甲，像暗光鳥，以前都是抓來食補的，看到人就很快飛走，現在卻那麼自由自在。

現在，鳥都好命了。以前，鳥很怕人，因為人獵殺鳥。人不吃白鷺鷥，卻喜歡吃斑甲和暗光鳥。那時候，這種鳥，怕人，都躲得很遠。

他看到，有一隻白鷺鷥，站在水裡，走了幾步，伸出長長、彎曲的脖子，向水中瞄了一下，而後又走幾步。水面有許多小點，是烏龜的頭，也是靜靜的。為什麼有那麼多的烏龜？岸邊、岸上都有烏龜。很多形狀和顏色，看來，是外來種，是放生的嗎？聽說，還有人放了鱷魚進去。

在水面上，也可以看到一條一條的水紋。他看到了吳郭魚，還有錦鯉。

「請勿餵食」。水池邊立著一個牌子。

他看到一個大人，手裡拿著幾片吐司，掰成小片，丟進水裡。一群一群的魚游過來了，搶吃麵包，麵包在水上跳動，很快的被吃光了。暗光鳥也飛過來，站著吃麵包。

哈、哈、哈。

大人笑了一聲，又繼續丟下吐司。

在水池，靠近人造島那邊的水面，有一隻，不，有一對小水鴨。李宗文以前看過，已好久沒有看到了。

在近一點的水面，他看到有許多魚在水裡。有很多小魚，不注意看是看不到的。他了解，為什麼會有那麼多的白鷺鷥和暗光鳥會停留在那裡。

他也看到水豆油在水面上划來划去。有幾隻燕子，在水波上低飛，有一隻還在水面上點了一下。根據經驗，燕子低飛，會下雨。

會下雨嗎？

他看看天空。雲越來越低，天空也越來越暗。

下雨了？

好像是水滴，輕輕的掉在他頭上。雨水嗎？

一滴又一滴，水滴越來越大，也越來越密。他也清楚看到，雨水落下，在水面上，畫著小水圈，越來越大，也越來越密。

「下雨了。」

兩個年輕人，男的喊了一聲，女的睜開眼睛一下，看著男的，露出微笑，還緊緊的依偎著。

雨，越來越大，好像把水傾倒下來。李宗文座位的後面，大概三十公尺，有一個涼亭，已有人跑進去了。他也跟著慢步跑過去。雨來得很快，男的年輕人，拉著年輕女人的手，也快步跑進去了。男的用另一隻手遮著女的頭髮，不過，兩個人都濕了，頭髮和衣服。男的把女的緊緊抱住。

涼亭不大，已有十多個人了，多擠在中央的部位。他聞到一股氣味，像是發霉的味道。

李宗文也看到那個坐輪椅的老人。他看過幾次，都晚一點。那時候，可以避免強烈的陽光。也許，他怕下雨，早一點出來，反而碰到了雨。老人身邊有兩個女人，一個是外傭，另外一個，以年齡和臉形推斷，應該是女兒。老人坐在輪椅上，有時，由外傭推著，有時坐在樹蔭下。他可能是中風，步行不方便。不過，有一次，李宗文看到，老人在推車，女傭坐在輪椅上，女兒輕攙著他。他走得很慢，腳盤舉得很低，腳步也小。是在學習走路。

雨越下越大，水煙都飄進來了。女兒把老人的帽子拉低一點，再用浴巾裹住老人的腿部和膝蓋，而後蹲下身體，挨近他。

另外的一隊，是年輕母親和兒子，兒子可能只有小學一、二年級。

「媽媽，講故事。」

「好。糖果被老鼠吃掉了。」

媽媽想了一下，開始說。

「然後呢？」

「老鼠被貓吃掉了。」

「那糖果呢?」

「好笨喔,糖果不是被老鼠吃掉了?」

前幾天,李宗文在另外一個小水池旁邊遇到一對母子。那邊種著很多水草,也有幾棵矮樹。

哇、哇。吱吱喳喳。哇哇。

「弟弟,快來,有青蛙,也有小鳥。快找找看。」

「媽,那是錄音的了。」

「什麼?錄音?你怎麼知道?」

「蛙聲,一直重複。鳥聲,那麼多人,鳥早就飛掉了。」

李宗文有一種奇怪的感覺,為什麼母親和兒子的感覺會有不同呢?到底是誰對?

他也想到了阿桂和元景。阿桂過世的時候,元景還不到兩足歲。

有一個中年女人,帶著一隻中型狗,也在裡面避雨。

前幾天,他在公園入口,看到的是一對夫妻。女的也牽著一隻中型狗。他們站在那裡看告示牌。告示牌有兩個。一個寫著「禁止攜帶牲畜」,一個寫著「禁止牲畜入園便溺」。

兩個人在討論。第一個告示很清楚,不能牽狗進來。第二個,好像是寫給狗看的。而且，進去散步可以，只要不便溺。

「走吧。」

男的在前面走進公園，女的牽狗跟著。狗一進公園，腳步也快了。

「我們走。」

雨還在下，不過小很多了。年輕男女，手拉著手，跑出涼亭外。涼亭裡，好像寬多了。

年輕母親，還在講故事，不過沒有先前那麼起勁。老人坐在輪椅上，臉部和手在震抖著，女兒站起來，抱著他，再把帽子拉低一點。

雨越下越小，不久也停了，不過，涼亭周圍的樹，還在滴水，風一吹，就啪啦啪啦的滴下來。

李宗文走出涼亭，走到公園外的停車亭。雨下太大了，候車亭的兩側，快車道和慢車道，都積了水，快車道，水幾乎淹到路中央。以前，他開公車，就常常碰到，每次下大雨，不少馬路變運河。

車子來了。一般的車走路中央，公車走右側的公車專用道。公車貼著候車亭行駛，有的停下，有的不停。停下，水會湧到站台上，不停，濺起水，濺到他的腳邊，濺到他的褲管，有時會濺到腰部。

下雨的關係，等車的人少，車子一部一部過去，碰到紅燈會停下來，碰到綠燈會以正常速度馳過。但是，也有的車，開得很快，碰到黃燈，更加速衝過去，把馬路上的水，直潑了上來。

來車的方向，在候車亭的前端，立有一個牌子，紅底白字，寫著「減速進站」。看來，它連「參考」價值都沒有。

他要坐的車子，一直沒有來。

雨又下了，沒有剛才大，只是積水退得很慢。他每看到遠處有車子駛過來，他就想找一塊地比較高，積水較少的地方躲一下，卻找不到。他看到候車亭的長椅，就站了上去。長椅是人坐的，不是用來踩腳的，他知道。不過，這也是沒有辦法。

遠處有一部車子過來了，開得很快。他趕快站到長椅上。那部車子，不但沒有減速，反而加速過去。車子一過，水像一波大浪潑上來，潑到他的頭頂上。他全身都濕了。

他看著車子過去，還是綠燈。開那麼快，顯然不是搶黃燈或闖紅燈。那部車子的速度，七十公里以上。為什麼呢？是因為他看到有人站上長椅，有鬥法的心情，要看你如何躲得過？看我如何潑你？

那部車子開過去，還閃著尾燈。那是表示他的勝利，還是表示一種歉意？他好像可以看到那個司機在眨眼，嘴角還露出得意的微笑。

過站不停，是一個問題。這是他不會做的。每次接近站牌，他一定會放慢車速，正如那個牌子所表示。

他忽然想到，那一部車，會是他在等的車子嗎？因為它來勢快猛，他怕濺到水，所以就踩上長椅，根本就沒有時間去辨認路線。

他開過公車，知道每一個司機，有不同的性格，他們的想法和做法也有不同。他知道，有些司機不喜歡載老人。有的司機說，載老人像載石頭。老人有優待票，載老人，不能增加業績。老人動作慢，上下車拖時間，影響行車速度。老人也容易跌倒。有的老人，車子在走動時，在車內走動，想換一個舒服一點的座位。這樣子，容易碰撞，也容易跌倒。

實際上，以前和他一起開車，拒載老人的司機，現在和他一樣，漸漸走入老境。

幾天前，他坐同一路線的車。那是上班時刻，乘客很多。

「唉唷。」

突然有人叫了幾聲。

「夾住人了，開門，開門。」

另外的乘客喊著。

「你怎麼夾我？」

「我以為你已上車了。動作快一點好不好。」

他記得那個司機。

「你怎麼夾我？」

那個人一上車，就站在駕駛座旁邊。

「人那麼多，請你向後移一下，好不好。」

「我不妨害你開車。」

「你妨害其他人上下車呀。」

「我有車票。」

「車票？你花錢買的？」

「你夾我，又侮辱我。我要告你。」

「請你到後面去。」

「我要看你怎麼開車！」

嘰——

車子突然煞住，又突然開動。

「唉唷。」

全車的人往前倒，那一個人也差點撞到擋風玻璃，而後全車的人又往後仰。

「媽的，你是怎麼開車？」

「你沒有看到有人突然橫過馬路？你叫我撞他？」

李宗文還記得那個司機。他越想越可能，剛才那部車，就是他要坐的。那部車，會是那個司機開的？

「李桑，李桑。」

有人叫他。是一個中年婦女。她持著一把黑色的雨傘，從人行道越過慢車道，走到候車亭。

「妳，妳是哪一位？」

「我是阿香，認不出來了？」

「阿香……」

「我是小妹車掌阿香。」

「呃。好久了，二十年了？」

他想起了那個小妹。她剛進來，當實習車掌，都是阿桂帶她。後來，她們成了好朋友。

「不止了，三十年了。」

「三十年了。」

「對，三十年了。」

「妳來坐車？」

「我住那裡。」

阿香指著公園對面的一幢大樓。

「妳來？」

「你全身都濕了，會感冒。」
「呃。」
他看看自己的衣服。
「你出門，不帶傘？」
「忘掉了。」
平時出門，他會帶傘，可以遮雨，也可以遮太陽，還可以當枴杖。
「我看你在發抖。先去我家洗澡。」
「什麼？」
「我家裡，只有我一個人。」
「車子快來了。」
「你有趕時間？」
「……」
「來去。」
阿香伸手拉他。
那一幢大樓，一共有十二樓，阿香住十二樓，也就是頂樓。
一開門，李宗文看到地板是大理石，客廳還鋪地毯。他有點猶豫。他全身都濕了，連鞋子也進了水。

阿香拿拖鞋給他。

「李桑，你把鞋子脫下，放在牆邊。」

「這個房子，有幾坪？」

「六十多坪。」

「妳說，只有妳一個人？」

「嗯。」

「妳，妳先生？」

「走了。四年多了。」

阿香指著牆上的肖像。

「呃。對不起。」

「我去漏水。你先把外衣脫下來。」

李宗文看著她先生的肖像，感覺有點面熟。肖像下有一個玻璃櫃子，裡面擺著各種汽車模型，包括消防車、救護車和垃圾車。

「水漏好了，乾淨的衣服也在裡面。那是我先生以前穿的，你先穿一下。」

李宗文進去，先沖一下。他看到水槽裡有六分滿的水。他想進去，泡一下，卻又立即出來。他穿了衣服，寬了一點。

「有塑膠袋？」

「做什麼？」

「裝濕衣服。」

「濕衣服放著。我洗好，你下次來，再穿回去。」

「阿香桑。」

「什麼事？」

「那是內衣褲，不可以。」

「你在這裡吃晚飯。」

「不行，不行。」

「很快就好。我還要問你阿桂姊的事情。吃飯？還是吃麵？」

「吃飯好了。」

「李桑，你先來這裡看一下。」

阿香帶他到窗邊，那裡有一具望遠鏡，是單眼的，前面有一個長椅，可以坐二人，或三人。阿香要他坐下來，她自己坐在旁邊，教他如何使用。

「那是候車亭。」

他看到了候車亭。那是他剛才等車的地方。

「那是涼亭。不過看不到裡面。」

他也看到了水池，是他看鳥的地方。他看到了公園的每一個角落。不過，很多地方，是被樹木遮住了。

「來。我們來去吃飯。」

阿香動作很快。一條煎魚，一碟炒青菜，和一鍋排骨竹筍湯。

「你只有一個小孩？」

「嗯。」

「你沒有再婚？」

「沒有。」

「月嬌姊喜歡你，怎麼會沒有結果？」

「阿桂走了。開始，我完全沒有心情。經過一段時間，就自然冷下來了。」

「李桑，你還記得，阿桂姊出殯那一天，我還抱了你。我想抱阿桂姊，她走了。我看到你，就抱住你。那時，我很難過。」

阿香說，眼眶紅了。

「我記得。我記得有一個小女孩，抱著我哭。我記不起來是誰。我是不是很粗線條？」

「其實，我更感動的是，當時有不少人反對，你卻決定娶一個接近殘障的女人。」

「她是一個好女人。」

「我了解。」

「妳有幾個小孩？」

「一男一女。女的在美國讀書。男的在中部教書，放假才回來。你呢？」

「只有一個男孩。」

「我有聽說。」

李宗文告訴她元景的近況。阿香輕輕的搖了頭。

「妳先生，以前做什麼？」

「本來，他在銀行，後來做房地產，也做建築。他在舊鎮買了幾塊農地。他家裡本來耕農，他有自耕農身分。他做得不錯，他也做建築，這幢房子就是他自己蓋的。我們自己住十二樓，十一樓是留給兒子。」

「他是什麼病？」

「中風。全身癱瘓，幾乎有七年之久。」

「他也是舊鎮的人？」

「對，對。你認識他？」

「有點面識。」

「說不定，他也認識你。」

阿香告訴他，開始，他坐輪椅，她親自推他去公園散步。後來，再發，他連坐輪椅都有困難，她就買了一個望遠鏡，他可以在家裡看公園，看市區。

「李桑，我是從望遠鏡認出你的。」

她看到他坐在水池邊，也看到他在撿菸蒂。今天，她看到他跑進涼亭裡避雨。不過，因為涼亭的屋頂遮住，看不到裡面。她也看到他在等車，看到他躲來躲去，怕被水潑到。

「我該回家了。」

「等一下。你喝咖啡？或喝茶？」

「我不喝咖啡。」

「那我去泡茶。」

「真的，我該回去了。」

「李桑，你不用租房子。這裡很寬，你可以搬來這裡住。」

「……」

「我們可以一起看鳥。在這裡，或去公園。我們還可以一起撿菸蒂。」

阿子之死

「這是最後一帖藥了。」

阿子的母親，阿坤姆在磨犀角。

犀角像石頭，只有三、四公分大，顏色是灰色，帶有一點黑。阿坤姆將它放在小碟子上，倒了一點冷開水，不停地磨著。犀角又小、又硬，表面又光滑，不好拿。阿坤姆一邊磨一邊轉來轉去，有時磨直線，有時畫圓圈。她磨了一下子，碟子裡的水，慢慢有顏色，開始是很淡的灰色，而後漸漸變濃。

阿子在哪裡？

昨天，石世文的母親去看她，他也跟著進去。後落有幾間房間，阿子躺在床上。

阿子會死嗎？大人在斷氣之前，會移到大廳。阿子好像不在大廳。

阿坤姆磨好了犀角，水是混濁的，已接近犀角的顏色。她端著碟子進去，並未在大廳停下來。

石世文轉到屋後，那是前街和後街的後門相對的一條小巷，靠近前街的一側，有一條下水道。

阿坤伯做肉脯，銷到鄰近各地，自己也在前落開了一個店面。

阿坤伯家在石世文家的西鄰，另外一邊，東側，是阿財伯家，在白天，後門多開著。阿財伯他家在前街的中段，住在後街比較熟的鄰居，有時會抄近路，經過他家出去前街。

阿財伯開木器店，因為要在屋外曬木材，後門多半開著。石世文也時常經過那裡去前街。

最後一帖藥，有效嗎？阿子會死掉嗎？

阿子還不大會說話。石世文帶她出去玩過。他拾了龍眼子和她玩，她家人說龍眼子髒。他去阿財伯家撿小木塊。那是做木器鋸下來的，有不同的形狀。他教她如何堆起來。阿子很喜歡笑。

街上的醫生告訴阿坤姆，阿子的病，已由肺炎轉變成肺癰，是很難治的病。阿子在裡面嗎？石世文看著阿坤伯家的後門，平時，阿坤伯家的後門都緊閉著。怎麼進去？

石世文在門前站了片刻，轉身去公會堂，看到大哥李宗文和同伴在打干樂。

「世文，什麼事？」

「阿子……」

「阿子現在安怎？」

「在內面。」

石世文帶李宗文到阿坤伯家的後門。

「你要入去？」

石世文點頭。

李宗文拿出一把小刀，是八芝蘭刀。他將刀插進門縫，輕輕撬了幾下，門開了。這裡的門，都是用門閂，上下兩根，方向相反。阿財伯家的門閂，全是刀尖的痕。有人想從那裡經過，門閂住了，就用刀子撬開，阿坤伯的門閂像新的，只有剛剛李宗文撬開的兩三點刀痕。

李宗文把門推開，進去看了一下。

「無人。」

石世文進去。裡面靜靜的。

李宗文只大石世文兩歲，卻可以隨身帶小刀，而且是八芝蘭的。

阿坤伯家的後落，有一個深井，一邊有一個儲藏室。以前，舊莊很多屋子的後落，都用來養雞，有的還養豬。阿坤伯家，只放著一些用具，像木桶、竹籠，另外還有一個洗澡間，放著日式浴桶。他們喜歡乾淨，比石世文的家，比阿財伯家，都乾淨。

阿坤伯家沒有養雞，石世文家有。雖然，他的家只有後面的半落，還是留下一點空間養雞，拜拜的時候，可以不必花錢去買。

十幾天前，那時阿子還沒生病，石世文曾經帶阿子到他家裡看雞。她看到一隻大閹雞，就躲到石世文的背後，手拉著他的衣裾。

「驚？」

她點點頭。

咯、咯、咯。

閹雞不會叫。阿子躲在石世文背後，學公雞叫。

石世文從後門進去，看到右側有一條巷路，通到大廳。舊莊的房子都是這樣，長長的，分成前、中、後三落。

昨天，他是和母親從前面進去的。

他看到阿子躺在鋪在巷路上的小小的草蓆。石世文看過，大人要死的時候，要移到大廳，要躺在鋪地上的草蓆上。阿子躺的草蓆只有半疊大。人躺在地上，看起來，要比站著長一點。

阿子躺在草蓆上，卻沒有移到大廳。

一道陽光從屋頂上的天窗照下來。照在牆上，再折射到巷路。舊莊的房子，在屋頂的斜面上開著天窗，中間的較大，接近方形，兩側在稍高的位置有一對較小的、細長方形的小窗。看上去，很像嘴和眼睛。

陽光是從小天窗照下來的。陽光並沒有直接照到阿子身上。不過，可使她的身體看起來更清楚。仔細看，陽光的光束，有微小的灰塵在浮動。

石世文喜歡看在陽光中游動的灰塵。每次，他從阿財伯家經過，看到從天窗上射下來的陽光，他就會用手指去摸一點沾在木板上的鋸灰，把它吹出去，看它在陽光中游動，慢慢沉澱下來。而後，他再摸一點鋸灰，把它吹出去。

阿子躺在草蓆上，穿著長袖衫，身上蓋著背小孩時用的罩被。她沒有穿鞋子。一般的小孩，是不穿鞋子。他自已也不穿。不過，他看過阿子穿鞋子。被單只蓋到腹部的上側。她的肚子脹起來。她沒有穿褲子，下半身是光裸的。是因為生病，還是因為肚子脹起來，她才沒有穿褲子？

她的腳伸長，大腿微張開。大腿之間，沒有小鳥，只有田貝。他是第一次，清楚看到女孩子躺下來的田貝。他看到了大一點的小孩所講，男孩子和女孩子不同的地方。

阿子的皮膚很白。阿坤姆的小孩，皮膚都很白，男、女的都很白，不過，現在阿子的皮膚是有些黃色。比較暗一點的黃色。她的肚子，像要生小孩的女人一樣，脹起來。

她看到他，眼睛轉了一下，頭並沒有動。也許因為生病，已沒有力氣了。她是不是已經喝了犀角水？他們說，那是尾帖藥。是不是尾帖藥無效，才把她放在地上？還是本來就放在地上，像大人，等著眼睛閉起來？

石世文聽到，從大廳那邊傳來了一些聲音，有人的聲音，也有東西碰撞的聲音。聲音不大，卻很清楚。他想跑開。但是，只一下子，整條巷路，除了陽光，什麼都沒有。

阿子看他，嘴角漾了一下，笑了。

咯、咯、咯。

她的嘴發出了聲音。好像是喉嚨的聲音，聲音並不清楚。

咯、咯、咯。

她是在學公雞叫的聲音。他記得，他帶她到他家裡看閹雞，她就學公雞的叫聲。不過，今天的聲音很小。

咯、咯、咯。

石世文也叫了一聲，聲音很低。

她看他，笑了。

大廳那邊，又傳來了聲音。也許，有人要來了。

咯、咯、咯。

她用一點力，身體也動了一下。她好像要用手把罩被拿開，但是沒有力氣。

為什麼？

他伸手去，又縮回來。

有一次，他和她在公會堂的空地，看大一點的小孩在跳連（跳房子），女孩子贏了，蹲下來畫房子，男孩子就從她身上跨過去。

「呸，要長短腳了。」

女孩子叫了起來。

他們說，女孩子跨過男孩子，男孩子會衰。男孩子跨過女孩子身上，男孩子會長短腳。為什麼會這樣，都男孩子不好？

那一天，阿子就蹲在旁邊看著，他想學那約大一點的孩子跨過阿子。但是，他不敢。他怕長短腳？好像還有別的。

嘟！

是水螺的聲音，十二點了。

他習慣地，用手摀住耳朵。看到阿子動了一下，他趕快蹲下身，掩住她的耳朵。

「她在後尾。」

石世文聽到人聲和腳步聲接近，就跑出後門。他沒有辦法從外面再閂好門。

「看，門是開著。」

有人叫了起來。

「什麼？門為什麼開著？」

另外的人，叫得更大聲。

「是誰開的？」

「你看，看這門閂，有人把門撬開了。」

「賊，賊。」

「賊，賊。」

「賊子入來了。」

很快，鄰居也聚集過來了。

「你看，門都被撬開了。」

「可以加一個插栓。」

有人建議。實際上，有些人在門閂上加了一個插栓。關好門，把插栓插在門閂上，要開門時，再把栓子拉起來。

「要報警察。」

有人建議。

「不要報警察，報警察真費氣。」

有人持不同的看法。

石世文也混在人群裡面。阿子會不會講出來？他只在門外，不敢進去。

「是誰？看到誰？」

好像有人在問阿子。

「她不會講話了。」

另外的人說。

咯、咯、咯。

在人群的嘈雜聲中，可以聽到微弱的雞叫聲。

「她很調皮，學雞啼。」

「足可憐。」

「她在笑。」

「不，她在哭。」

阿坤伯立即叫阿財伯家的木匠師來加一個插栓。

那天下午，三點多，石世文看到阿財伯家的木匠師在釘一個木箱子，阿子死了，那是阿子的棺材。很小的棺材。

小孩死了，平常是，用草蓆把他捲起來，抬到墓地，找個空地，挖一個洞，埋了進去，連墓碑也沒有。

阿坤伯和阿坤姆都哭了。阿坤姆說，阿子是來討債的。就是上一輩子缺她的債，好像包括棺材。

棺材是從後門抬進去的。石世文在外面，聽到有人在釘釘子的聲音。

有兩個工人把小棺材扛出來了。棺材並沒有油漆，不像大人的棺材。也沒有蓋有花紋的布。石世文看到三、四個人走到門口，有阿坤伯。阿坤伯把門關好，並沒有送出來，好像送大人的棺材那樣，送到海山頭。

那兩個人，扛著小棺材，沿著公會堂的圍牆出去。石世文在後面跟了一下。他們走得很快，他跟不上。他跑了一點路，停下來了。

「阿子死了。」

石世文很想告訴一個人。告訴誰？也許可以告訴李宗文大哥，大哥在哪裡？

他跑去公會堂，李宗文不在那裡，也沒有人在打干樂。

「阿子死了。」

石世文對自己說。

阿子再生

阿子死了。那時，她的母親已懷孕，不久又生了一個女孩，也叫阿子。死去的女孩叫英子，再生的叫里子，都是日本式的名字。事變以後，有一些初生的小孩，用日本式的名字，男的叫義雄、武雄、秀雄，也有叫太郎、次郎、三郎。女孩叫春子、夏子、秋子，也有叫淑子、秀子、惠子。一般，用台語叫日本名字不順口，就簡單的叫男孩阿雄，阿郎，叫女孩阿子。

英子死了，她母親哭過。不過，對外人都說，她是來討債的，前世欠她債，今世來討回去。

「她也是來討債的。」

阿子的母親指著新生的阿子說。

新生的女孩，白白胖胖，眼睛很大，眼珠黑黑的，鄰居都說，很像死去的阿子。她母親說她也是來討債的，大概也是因為她太像死去的阿子。

有些鄰居的想法不同。這個阿子是那個阿子來投胎轉世的，她是捨不得離開父母，所以再來投胎做他們的女兒，同時也是來報恩，來孝順他們的。

在阿子滿月時，石世文第一次看到她。他跟著母親進去看她。她的臉還是有點紅。阿子的母親雖然說阿子是來討債，還是簡單做了滿月。依照習慣，生女孩做滿月，要提早一天。

阿子，鼻子直直，眼睛很大，兩顆黑眼珠像龍眼子。她還沒有長出牙齒，看到了人就露出牙齦笑著，不過沒有笑出聲音。

石世文走到大廳的一側，往後落看，看到死去的阿子躺著的巷路。他也看到從天窗照射下來的一條光束。阿子家很乾淨，不過還是有細微的灰塵，在光束中浮動。

阿子到了三、四歲，還不會說話。

「啞狗囝仔。」

「她是來討債的。」

石世文時常看到阿子一個人坐在門邊一個小椅頭上，小小的手，捏著一個玻璃珠。家人忙的時候，她一個人，就這樣坐一個上午，或一個下午。她看著從亭仔腳走過的人，有時，看到石世文，也會向他笑笑。

「啞狗囝仔。」

她的家人這樣叫她，有的鄰居也這樣叫她，有些小孩也這樣叫她。她連阿母都不會叫。

阿子的家，開的是肉脯店。戰爭時期，物資缺乏，豬肉是配給，家人利用原有的設備，改做蜜餞。糖是公家提供的，他們做桔餅、冬瓜糖和柚子糖，也做金含。

他們一家人都愛乾淨。以前做肉脯如此，現在做蜜餞也如此，每天工作結束，不管什麼時候，全家人都合力打掃、洗刷，先洗大鼎、木桶、竹籮，再洗刷門窗、地板。公家會提供糖給他們，也是看中這一點。

桔餅和冬瓜糖是傳統的蜜餞，是喜慶用品。柚子糖因為原料少，做的人不多。

柚子糖的原料是柚子皮。文旦皮太薄，不合用。

柚子皮來自水果店，不過有一部分柚子是整顆賣出去，買的人自己剝，柚子皮就當做垃圾丟掉。有的丟進垃圾箱裡，太髒不能用。

家裡有買柚子，自己剝的，石世文就將柚子皮留起來，有時在外面，看到有丟棄，還乾淨的，就撿起來，一起拿去換柚子糖。

阿子家的深井，放著幾個大木桶，將洗乾淨的冬瓜、桔子、柚子皮用清水泡一兩天。冬瓜要先切成環狀，柚子皮要先去掉外皮。

柚子糖製好，是一大片一大片，有時為了方便賣，也會切成小條。為了和冬瓜糖區分，柚子糖都染成淺紅色。

石世文拿兩張柚子皮，換了幾小條柚子糖出來。阿子坐在門邊，他拿了一條柚子糖給她。阿子睜大眼睛看他，沒有動，他將柚子糖塞在她手中。她另外的手，緊握著一顆玻璃彈珠。

她穿著藍白小格子的裙子。這是以前的阿子穿過的。以前的阿子，死前躺在巷路的草蓆上，沒有穿褲子。現在的阿子，有時也只穿著裙子。她所穿的衣服，很多是以前阿子穿過的。有時，他會感到，他看到的是以前的阿子。

「吃。」

石世文對阿子說。

阿子看著他，沒有動，嘴角還是笑著。突然，她伸手，想將手中的彈珠給他。彈珠是單色的，透明的淡綠色。

「給我？」

阿子只是把手伸得更長，笑著。她的牙齒和一般人不同，是倒斗齒，下面的牙齒在前面。她的大姊梅月，是戽斗，好像初三時，街上有人叫她花王石鹼。不過，梅月的牙齒，不是倒斗齒。

石世文伸出手，阿子把彈珠放在他的手掌上。石世文拿著彈珠，轉動一下，還給阿子。阿子張開手掌接過去，看了他一下，學著他，把彈珠轉一下，而後又伸手給他。

他們將玻璃珠遞來遞去，阿子一直笑著。可能不是故意的，阿子拿玻璃珠的時候，沒有接好，玻璃珠落地，因為門前的亭仔腳有坡度，石世文追過去，用手去摸，玻璃珠已滾到下水道。

下水道並不深，水還算清，不過下面積著一層泥沙。石世文先看了一下，看玻璃珠滾下去的地方，沒有看到，他就用腳在泥沙裡挖來挖去。找到了，他想用腳趾夾起來。腳趾間太小，無法夾起來，他就用手把玻璃珠撿起來。他用衣裾擦乾，遞給阿子，阿子看看玻璃珠，再看看他，笑著，將玻璃珠丟在地上，他想去摸，沒有摸到，玻璃珠又滾下去，滾進下水道。

咯，咯，咯。

阿子笑了，而且有聲音。她不是啞狗嗎？家人說她啞狗，鄰居也以為她是啞狗。她笑出聲音了，她是啞狗嗎？

啞狗不會說話，可以笑出聲音嗎？

石世文撿起來，阿子就丟。

咯，咯，咯。

阿子越笑越大聲。

「垃圾鬼。」

阿子的大姊梅月從裡面出來，手裡拿著抹布。她手裡時常拿著抹布，東擦擦，西擦擦。她是說阿子？還是說石世文？還是說他們兩個？

「垃圾鬼。」

梅月再說一次，搶了阿子手裡的柚子糖，還給石世文。

「這，我們家很多。」

石世文的母親說，梅月脾氣不好。不過，石世文沒有看過阿子吃柚子糖，也沒有看過他們家裡任何一個人吃。

「來去洗手。」

梅月用力拉阿子的手，好像要將她整個人提起來。

「你也回去洗手。」

梅月轉身對石世文說。

以後，石世文就很少看到阿子坐在門邊。

石世文和阿子兩家相鄰，對面是郡役所。

石世文是國民學校三年的學生。大東亞戰爭發生以後，公學校和小學校都改為國民學校。小學校是日本人的學校，改為舊莊國民學校，公學校多一個「東」，叫舊莊東國民學校。大人說，其他的地方也類似，日本人的小學校都很小，每年級只有一班，每班人數只有四十個人，卻是中心，台灣人的學校每年級五班，每班七、八十人，卻要看位置，加東西南北。

在郡役所前面，沿著街道，種有一排榕樹，再進去，有一道矮樹牆，是七里香。

郡役所的東側是水利組合，是兩層樓。郡役所那邊，有警察，小孩都在水利組合這邊的空地玩。有的釘干樂，有的滾玻璃珠，也有女孩子在跳繩，跳房子。

街道是石頭路，車子不多，只有零星的幾輛自轉車經過，有時也會看到人力車。很多小孩沒有錢買玻璃珠，就用瓦片磨成輪狀，做為代替品，再架一個磚塊做的斜面，從上面滾出去，和玻璃珠一樣，滾得遠的人，可優先進擊，就是用瓦片擲對方的瓦片。擲中，就是戰利品。

阿子還未上學，有時也會在那裡，看其他的女孩跳房子。有時，石世文看七里香的種子紅了，會摘兩三個給她，有時也會磨一兩個圓瓦片給她。不過，她都不敢拿，像瓦片，一磨就會有瓦粉沾到手。

有些小孩也會撿龍眼子玩。在水泥地畫兩個頂點相對的等邊三角形，再在上面畫格子，直的，中間一條，橫的和底線平行，畫兩條，將龍眼子放在交叉點上，彈到的就是戰利品，底線上是四個龍眼子相疊，要上面一顆落馬，才算擊中。

小孩也玩橄欖子。橄欖子是兩頭尖，小孩將橄欖子高高舉起，像玻璃珠那樣，丟在用磚塊做成的斜面上。手舉得越高，玻璃珠滾得越遠。橄欖子不一樣，有時彈東，有時彈西，有時往後跳。

嗞嗞嗞嗞。

阿子笑起來了。

沒有錯，阿子不是啞狗。

有一次，就在郡役所前面，在街道上，有兩隻狗，一黑一黃，黃狗靜靜站著，黑狗一邊繞，一邊聞，聞黃狗的臉，聞黃狗的身體，聞黃狗的屁股。黑狗一邊聞，一邊趴在黃狗身上，而後兩隻狗的屁股連在一起。

在水利組合前面玩的小孩，都過去看。石世文也過去，阿子也過去。阿子就蹲在石世文身邊，看著那兩隻狗。

「狗相彈。」

大一點的小孩叫起來。

嗬，嗬，嗬。

有個大人揮著兩手，要把狗趕開。不過，狗只是動了幾步。

另外的大人拿了一桶水來潑牠們。還有人，拿了棍子過來，準備把牠們打開。

幹。

「阿子，轉來去。」

忽然，阿子的梅月大姊從店裡衝出來，一手還拿著抹布。她用力拉了阿子的手，半抓半提，把她拖回家。

石世文看到，梅月的臉漲紅起來。本來，她的臉很白，她家的人，皮膚都很白，卻漲紅了。石世文沒有看過臉可以脹得那麼紅，就像冬瓜糖變成柚子糖。

「膾見笑，轉來去。」

差不多同時，阿雲姊也衝出來，用拳頭打了石世文的臉，再用手拉住他的耳朵。

「垃圾鬼，垃圾鬼。你知影無。」

阿雲姊的臉，比梅月更紅，就像關帝君那樣。

阿雲姊為什麼那麼生氣，他不了解。她很容易生氣，每次生氣，都有不同的理由，石世文聽別人說，阿雲姊愛生氣，是因為母親強迫她嫁給姊夫。

「跪下。」

阿雲姊命令他。

「哎喲。」

阿雲姊用力擰了他的臉。

「痛，你也知道痛。誰叫你做繪見笑的大誌。」

有人說，那是狗打架。有時說是狗相好。為什麼是繪見笑。

「把褲子脫下來。」

阿雲姊命令他。

他用雙手遮住下面。

「脫下來。」

上次，他夜尿，阿雲姊命令他。那一次，和現在一樣，父親和母親都不在家。

「你有偷看阿子？」

「偷看什麼？」

「不要假仙，看她下面。」

他有看過死去的阿子，她躺在地上，沒有穿褲子。以前，這個阿子有時沒有穿褲子，現在都有穿。

「你不脫褲子？」

阿雲姊說，把他的手扳開，強行拉下他的褲子。

「不要。」

「站好。」

阿雲姊用手指彈他的鳥。

「唉唷。」

他和同學玩，有時也會用手指彈對方的額頭。不過，都沒有這麼痛。淚水也流出來了。

「誰叫你看那種垃圾代誌？」

「為什麼是垃圾代誌？」

石世文心裡想，卻不敢問。

母親告訴他，他小時候，隔壁的阿仁叔叔就拿碗公來向他要小便喝。他說小便是很好的藥，還可以治病。

「會痛嗎？」

「很痛。」

「站好。」

「不要。」

他說，又用雙手護住下面。

「以後，不能做那種垃圾代誌，知影無？」

「知影。」

「你不能跟阿爸、阿母講。知影無？」

「知影。」

蟲與鳥

雞母蟲

戰爭已結束，石世文讀五年制的中學，已改制，分為初中和高中，他是初中一年級。

戰爭剛結束，學校還沒上軌道，日本老師離開，新的老師未到，加上語言的變換，來了很多代課老師，有的來自舊式私塾，自習的時間也多了。

石世文喜歡釣魚，也喜歡捕蝴蝶，功課少，時間就多了。釣魚，多在大水河，有時也會去鄉村的大水溝或池塘。他只喜歡釣，很少釣到大魚。釣大魚的是李宗文，他用船，用放緄的方式，有時還用網，時常捕到鯉魚、鯰、白鰻，有時還捕到烏仔魚或鱸魚。

他喜歡捕蝴蝶，和五年級時的老師坂田先生有關。那時，戰爭也漸漸迫近台灣，也發出過空襲警報，雖然還沒有看過敵機。當時日本的教育方式，體能比學識重要，生產比學問要緊，實施軍事教練，堆綠肥、種蓖蔴、採月桃、撿草籽，勞動多於在課堂上上課。

隔壁班的岡田先生把運動當遊戲，教學生用踢球的方式玩類似棒球的遊戲，另外一班的古園先生教劍道，石世文的坂田先生，喜歡帶學生到學校附近看樹木、花草、小鳥及昆蟲。

他也知道有些毛毛蟲是蝴蝶的幼蟲。坂田先生告訴他們，台灣有一種蝴蝶叫太尾揚羽（寬尾鳳蝶），是台灣特有。他又說如果發現到新種，可以用自己的名字命名。

石世文的家就在公會堂附近，公會堂除了建築物以外，有一個相當大的園區，東、北兩邊是圍牆，和民家隔開，西邊是大門，以及裝飾用的矮牆，南邊有港坪，是河堤的斜坡，港坪下去就是大水河。公會堂圍牆內的園區，種有許多樹木和花草。

在戰爭期間，種植花草的地，提供給附近的居民建造防空壕，戰爭結束之後，居民把用在防空壕的木柱、木樑扛走，留下一個個變形的洞穴，和一片瓦礫。不過，很多樹木還健在，有榕樹、茄苳、橡樹、樟樹、苦楝、夾竹桃，也有大王椰子和青仔欉，也就是檳榔樹。

除了公會堂內的這些樹木，沿著港坪斜坡頂上的路邊還種有許多樹木，最多的是榕樹和苦林盤。

李友文很會抓蟲。他手腳敏捷，膽子大，善於爬樹。金龜最喜歡茄苳樹。

李友文用四肢抱住茄苳樹的樹幹，快速動著手腳，攀爬上去。茄苳樹幹上有青苔和樹垢，每次爬樹，都沾滿手腳和衣服。李友文到了有樹枝的地方，就用手抓住樹枝，猛搖，手的力量不夠時，用腳踩，使出全身的力量。在搖樹枝的期間，有的金龜飛走，但是也有不少，卜卜卜地，掉到地上。有的爬一下，張翅飛走，也有的六腳朝天，還在掙扎。這時，石世文就走過去，一一撿起，捉回去，用衣線綁住腳，讓牠飛起來，飛累了就垂在線下面打轉。

金龜是很漂亮的蟲，背翼以綠色為主，閃爍著多種金屬光澤的彩色。另外，也捕過一種真正的金龜，身體小一點，身上閃出黃金色的亮光。

李友文也捉過水牛港，就是天牛。天牛喜歡停在苦楝樹上。天牛反應快，也很會飛，不能用搖樹枝的方法。所以要爬上樹，慢慢伸出手去捉。苦楝枝葉較稀，人容易發現蟲，蟲也容易發現人，所以人沒爬上樹，蟲就飛走了。不過，李友文，還是捉過好幾隻，石世文也綁住牠的腳讓牠飛起來。

李友文爬樹，常常被罵。第一，有掉下來的危險。每次爬樹，都弄髒衣服，尤其茄苳樹，因為整個樹幹都長青苔，或樹垢。

他改用黏的方法。開始用捕蒼蠅的黏紙的黏膠，後來用苦黐。不知道他從哪裡拿來一根細長的竹子，在尾端塗上苦黐，不但捉過水牛港，捉過蟬，也黏過青笛仔。石世文將小鳥捉回去養，用香蕉飼牠，牠不吃，過了兩三天就餓死了。為什麼呢？

李宗文講了一個故事給他們兩個聽。從前，有兩個國家打仗，打贏的，把打輸的兩個王子捉回去，對他們很好，但是他們不吃敵人的糧食，活活餓死。青笛仔會和那兩個王子一樣嗎？

聽到這個故事，石世文就把金龜放走了。

那時，石世文還不知道雞母蟲就是金龜的幼蟲。有人怕雞母蟲，因為牠是蟲的一種。石世文並不怕，不過他對雞母蟲有奇怪的感覺。

為什麼叫雞母蟲？他不清楚。聽說，有人捉去餵雞，雞很喜歡，尤其是母雞，生卵的時候，要多吃一點營養的東西。雞喜歡很多種的蟲。他自己就曾經在晚上捉蟑螂，放在空酒瓶裡，白天倒出來餵雞。還有蚱蜢，筍龜，雞都喜歡，鴨子最喜歡吃蚯蚓，雞也吃。不過大人說，蚯蚓較鹹，雞不宜多吃。

他釣魚，大部分是用蚯蚓作餌。挖蚯蚓，常常會挖到雞母蟲。雞母蟲全身白色，嘴呈桔黃色，一挖出來，雞母蟲就將身子捲起來，過了幾分鐘，牠就伸長身子開始爬行。一般的毛蟲，他不喜歡。毛蟲爬過的，身體會發癢。雞母蟲身上沒有毛，摸起來也不會黏黏的。

「雞母蟲。」

石世文小時候，母親叫阿雲姊替他洗澡。

「那麼大了，還不會自己洗。」

阿雲姊說，用手指彈他的小鳥。

「雞母蟲。」

「哎喲。」

「怎麼了？」

「痛。」

阿雲彈他，都很用力。

「痛？那就要自己洗。」

可是母親還是叫阿雲姊替他洗。每次洗，她就彈他。

「雞母蟲。」

「痛。」

石世文說，有時，淚水都流出來。

「不能給阿母講，知影無？」

「知影。」

阿雲姊的大兒子叫阿榮，他五歲，石世文已六年級了。有一次，他來找外媽，自己一個人在深井玩水，石世文把他拉起來，他穿的是開檔褲，小鳥在外面。

「雞母蟲。」

石世文用手指彈它，像阿雲姊彈自己那樣。

「哇，哇，哇。」

「怎？」

外媽從廚房跑出來。

「阿舅打我。」

「我沒有打他。」

「打什麼地方？」

「打鳥鳥。」

「世文，膾使的。」

母親只說了一句。

「世文，你這個囝仔心肝真惡毒。」

事後，阿雲姊對他說。

石世文挖蚯蚓，常常挖到雞母蟲。他不想看到雞母蟲。他想用其他的釣餌。他知道有人用蛆去釣魚。溪哥仔最喜歡蛆，但是他感覺，蛆太髒。

有人用魚蟲。魚蟲就是蛆，不過不是去便所捉的，而是自己養的，魚蟲是用死魚培養出來的。他把釣到的魚，放在裝有河砂的空盒子裡，牠腐爛之後會長出蛆。其實，不一定是自己釣到的魚，就是家人買魚，要丟掉的部分，也可以用。

還有一種釣餌，是紅蚯蚓。那是釣具店賣的，專門提供釣魚。聽說那種蚯蚓香味比較濃，是多種魚喜歡吃的。不過，紅蚯蚓要花錢買。

蚊子釣是一種假餌。釣鉤和細毛綁在一起，很像蚊子，有些魚愛吃蚊子、吃蒼蠅。

李宗文反對用蚊子釣。那是一種欺騙；魚沒有吃到真正的食物。那是不公平的。實際上，魚被釣起來，很少將食物吃進去，只咬在嘴邊。李宗文說，並不是每一個魚餌，都能釣到魚，有的被白吃了，像蝦子，只是用鉗子把魚餌剪掉，有的是掉進水裡，像用甘薯或米糠做的餌。

石世文用的釣竿是最簡單的，是直直的一竿竹子，尾端細細的。有人用節接的，有三節，有四節，也有六節。那是要去遠地，方便攜帶，不過價格高，他買不起。還有一種車仔釣，把釣絲捲在小輪子裡，可以拋遠。這些，他只是看過，有的根本連摸也沒有摸過。

戰爭結束，有人開始電魚，毒魚，還有人不知從哪裡拿到的，用手榴彈炸魚。最可怕的是毒魚，有人在上游用白信毒魚，整條大水河，水面浮著大大小小的魚，有的已翻身了，身體也僵硬了，有的還在動著嘴，有人就用網子去撈。聽說，只要把魚肚（內臟）拿掉，就可以吃。

魚少了，石世文的興趣也轉向蝴蝶了。

捕蝴蝶的網是母親幫他縫製的，是用破蚊帳。又小、又重，完全不能和坂田先生的比。坂田先生在離開學校時，將捕蝶網送給陳仁瑞，他是當時的級長。陳仁瑞會讀書，當時也踴躍參加昆蟲採集，技術也不錯。可能是這些原因，坂田先生就將捕蝶網送給他。不過，坂田先生離開之後，新來的是伊藤先生，是女老師，她很少帶學生去外面活動，所以陳仁瑞就不再出去捕蝶了。

石世文的網子，又小又重，蚊帳布的網子，不像是真正的網子那麼輕，容易損傷蝴蝶的翅膀。有一次，他去邀陳仁瑞，一起去捕蝶，他還期待，或許可以用到坂田老師的網。不過，陳仁瑞說，入學試驗快到了，現在讀書要緊。本來，他想借用一下老師的網子，不過，沒有開口。

他捉蝴蝶的地方，主要是大水河邊的紅磚港坪上，沿著小路上種植的兩排苦林盤。他喜歡苦林盤淡紫色的花，還有那一串黃橙橙的種子。他看到很多種蝴蝶在上面飛來飛去，有的停在花朵上。他快速跑過去，網子一揮，蝴蝶就落在網子裡面。有時，蝴蝶飛走，或揮網不準，沒有捉到。

坂田先生說，捕蝴蝶，就是要多抓。同種的也要多抓，可以做比較。從花紋的些微差異，或者蝴蝶的大小，常常可以發現新種。新種，很重要。有時，還可以用自己的名字命名。

可是，李宗文的想法完全不同。一種蝴蝶，最好只抓一隻。那是生命。不要亂捕，亂殺。李宗文還用木板夾釘了標本板給他，也教他如何用臭丸（樟腦丸）防蟲。

哪一邊才對？石世文有些迷惑。不過，他聽坂田的話，多抓，而後做比較，相同的或相似的，就放走。不一樣的，就抓回去，做標本。

石世文會把捉到的蝴蝶畫下來。在畫畫的時候，他也會發現異同。他不知道異同的意義。或許，坂田先生知道，但是，他已不在。除了蝴蝶之外，他也畫其他的昆蟲。他畫水牛港、筍龜，也畫蚱蜢、螳螂。他也把釣到的魚蝦畫下來。

他知道，毛毛蟲是蝴蝶的幼蟲，也把毛毛蟲畫下來。不知不覺，他也畫了一條雞母蟲。為什麼呢？雞母蟲是捲起來的，就是剛挖出來的時候的樣子。他看過圖片，嬰兒在母親的肚子裡的姿勢，也是捲起來的。

阿雲姊說他是雞母蟲。阿雲姊用手指彈他的時候，他不敢哭。他也用手指去彈雞母蟲，牠會很快的捲縮起來。他彈阿榮的時候，阿榮卻大聲哭了。難道，他的才是雞母蟲嗎？就是真正的雞母蟲嗎？

「雞母蟲。」

有一次，他在洗澡的時候，他已自己洗澡了，他就用手指自己彈了一下。輕輕的，而後再用力一彈。

「雞母蟲。」

他小聲的說。

打鳥的方法

李友文好像不喜歡捉蟲。那一次，可能是最後一次，石世文和阿子在公會堂裡抓一種蟲。他們叫「釣龍」。

民眾稱公會堂，包括兩部分。一是建築物，一是建築物的周圍種植草木的園區。在日治時代，在戰爭時期，日本政府為了發揚國粹，鍛鍊體魄，堆了一個土俵就是相撲場。戰後不再使用，土俵也慢慢被雨水沖洗，快變一堆土。那裡，還有周圍，除了土沙，也有一些積泥，一到下雨天，小孩就在那裡玩「滑泥」。小孩用腳將水和泥土攪合，弄成一塊泥漿地，而後從遠處跑過來，到泥漿上，就蹲下腰身，站穩腳步滑過去。

李友文也在裡面準備滑泥。看的人，多是更小的孩子，石世文也看到阿子。阿子怎麼會出來呢？一向，她家都不讓小孩到外邊，這時阿子還沒進國民學校。

有人滑得很平順，有人躡著腳步，走過去。看的人，有的緊張，有的笑嘻嘻的，有的在拍手。

忽然，有一個小孩身體晃了一下，整個人摔倒在泥巴裡。開始，大家都嚇住了，看到那個小孩，從泥巴裡爬起來，屁股沾滿泥巴，觀眾才開始大笑起來。

有人摔倒，有人退出，只剩下兩三個人。他們又用腳把泥巴地抹平，又滑起來了。

李友文滑了幾趟，都很順利。他放低腰身，滑了又滑，一次可以滑三、四公尺遠。有人滑倒，有人退出，最後只剩下兩個人了，忽然，李友文身體晃了一下，整個人側身倒在泥巴裡，身體也滑了兩公尺遠。

「哎。」

有人叫了一聲。

那時，李友文一直看著阿子。阿子用手壓著嘴，好像要哭出來的樣子。她是嚇到？還是怕李友文摔痛？

石世文似乎有感覺，阿子是李友文帶出來的。他滑倒，是為了取樂她？

另外的一次，石世文看到李友文帶阿子在公會堂園區的草地上，草較稀的地方「釣龍」。

阿子現在上幼稚園，不過都是由她姊姊帶去上學，很少一個人外出。她跟著李友文，石世文有些吃驚。這次石世文看到李友文牽著阿子的手。

「龍？媽祖宮的龍？」

阿子問。

「對。不過，是很小的龍，不用怕。」

公會堂的園區，在戰爭時，政府提供民眾建防空壕，戰後，防空壕被拆，就是把這裡的柱木若有用的拿走，剩下一個個空穴。有的較負責的，就把土填回去，填平。

那些地方，以前都種有花草，做防空壕時，較大的樹木都留下來，草地都被翻過了，現在留著許多磚瓦，不過，在空地上，已長了一些草，也可以找到直徑不到半公分的小圓洞。

公會堂園區裡面有幾棵高大的木麻黃，李友文拔了幾條細細的葉子，像針的葉子，來到小圓洞前，蹲下身，阿子也跟著蹲下，他把木麻黃的葉子給阿子，叫她把葉子插進洞裡。

「壓一下。」

阿子把葉子插進，壓一下。

「放手。」

兩個人靜靜等著。

木麻黃的葉子往上慢慢的伸。

「拉起來。」

阿子拉了一下，葉子是空的。

石世文有經驗，這和釣魚有點類似，時期不對，魚還沒完全上鉤，就拉上線。像釣蝦子，開始，牠只是用螯夾著，拖動，一定要等牠完全咬住。

「再來一次。」

阿子又把木麻黃的針葉子插進去，葉子又往上升。

「拉起來。」

阿子用力拉上來，一隻小蟲咬住木麻黃的葉子的尾端。阿子可能嚇到，手一放，葉子和蟲都掉在地上。蟲鬆了嘴，開始爬動，牠是蟲，不過和一般的毛毛蟲不同，牠身上沒有毛，背部拱起，兩顆牙齒，黑黑的，又大又尖利。

「這是龍嗎？」

「牠不像龍嗎？摸牠一下。」

李友文用手去摸牠。

「我怕。」

阿子把手縮回來。

「不要怕。」

李友文拉她的手。

「嘸，我怕。」

阿子用力把手抽走，不停搖頭。

「放回去。」

阿子說，指著小洞。

李友文抓住牠，從頭塞回去，牠不進去，從尾塞進去，牠也不進去。

「笨。」

「為什麼？」

「牠不知道那裡是自己的家。」

「怎麼辦？」

「沒有辦法，可能會被鳥吃掉，會被太陽曬死。」

「好可憐，你要救牠。」

「可憐？我把牠弄死，一下子就好。」

「不行，不行。不要弄死牠。」

李友文抓著牠，到圍牆邊陰涼處，放在地上，而後用樹葉把牠蓋住。

「好了。」

「牠會死？」

「不會吧。」

「真的？」

「不要想牠了，我們去別的地方玩。」

自從那一次，阿子就沒有出來和李友文玩了。是李友文沒有邀她，還是她家人不讓她出來，還是她自己不願意出來，石世文不知道。

後來，石世文有問李宗文，李宗文說，那是一種叫做斑貓的昆蟲的幼蟲。是一種很凶的蟲。李宗文在田路上碰過，牠喜歡停在人的面前，人一到，牠就往前飛，而後等著。有人叫牠帶路蟲。

李友文不再捉蟲了，他改打鳥，用橡皮彈弓打鳥。

在舊鎮關帝廟對面的廟前路一側，有一家寫真館，就是照相館。那是舊鎮唯一的照相館，石世文國校的畢業照就是他們照的。這家照相館，日治時代叫「旭」，戰後改名為「曙光」。照相館的主人姓翁，他有好幾個小孩，個個健康活潑，會跑會跳，每次運動會都很出鋒頭。

老三翁國光，老四翁國勇最喜歡打鳥。他們都是打大型的鳥，山鳩，就是斑甲，紅腳尻，是一種竹雞，就在草叢或竹叢裡，有時會露出紅色的屁股。他們也打田隻，田頓，和暗光鳥。這些都是鷺類的鳥，暗光鳥，就是五位鷺，就是夜鷺。

不過，翁家兄弟不喜歡小孩跟。人多，會把鳥嚇跑。

石世文也曾經用橡皮彈弓打過鳥。不過，他打不準。他打鳥的歷史，好像只打過一隻麻雀，一隻青笛仔，和一隻白頭殼。白頭殼比麻雀大，在小孩心中，算是大的獵物。白頭殼可以吃，青笛仔太小。那麼美的鳥，那麼可愛的鳥，為什麼打牠？為什麼？他把小小的鳥放在手心。

在舊鎮，有一個打橡皮彈弓的高手，叫阿村。他和石世文同學，同年不同班。他家開漢藥店，畢業以後，他就在家裡幫忙，剪藥，研藥，抓藥，已較少出來打鳥了。

在國校還未畢業前，他就經常帶著橡皮彈弓，在公會堂，在大水河邊，有時還跑到大馬路那邊的農業倉庫去打鳥。

有一次，石世文在公會堂碰到阿村。石世文手拿著朴仔管，人站在樹下向上張望，想摘朴仔子，不過太高了，不想上去。

「要朴仔子？」

阿村問他。

「嗯。」

「要哪一些？」

「那邊，大一點。」

啪啪啪。

阿村迅速發了幾個石子，朴仔樹的樹枝，帶著纍纍的朴仔子紛紛掉下來，整個過程，只有幾分鐘，大概只有兩顆沒有打到。

「可以了？」

阿村問。

「可以了。」

石世文在地上，在紅磚港坪上，撿著長滿朴仔子的小樹枝，等他上來，阿村已不知去向了。

舊鎮有幾家麥芽糖工廠，每一家都有一柱高聳的煙囪，每天燒著土炭，從煙囪噴出濃濃的黑煙，有風的日子，尤其是到了秋天，吹起東風，噴出來的黑煙，像一條長龍，畫過天際，順著街道吹過去，把煙塵一直撒下來。

有一家麥芽糖廠，就在大水河邊，他們一直把炭渣倒在河堤上，已堆積如山，那裡有沒有完全燒過的炭屑，有幾個婦女在撿著，打算帶回家再使用。

在那煤渣堆裡，也有附近的民眾，將垃圾倒在上面，招來許多麻雀。阿村從那附近經過，有一個叫阿貞的鄰居正在撿煤屑。

「阿村，聽說你很會打鳥，在路上跳的，打得到嗎？」

「應該打得到。」

「真的，打得到，請你飲一矸拉姆內。」

拉姆內是一種汽水，瓶口用彈珠塞住的那一種。

「我要兩瓶。」

「為什麼？」

「我不直接打，我要一科辛。」

一科辛是撞球用語，母球要打到球床的邊緣，再彈出來撞到另外的球。

「如果打不到呢？」

「我請妳一瓶。」

「不對，兩瓶，要公道。」

「好，就兩瓶。」

阿村說，看到一隻麻雀，在炭堆上跳，他拿起橡皮彈弓，手一拉一放，只看到小石頭先在煤屑堆上揚起一點土灰，而後打到一隻麻雀。

「牠死了。」

阿貞真的買了兩瓶拉姆內。

「這很貴呢，妳一個上午，也撿不到買一矸拉姆內的煤屑。」

阿村說，分一瓶給阿貞。

大概過了五年，阿村和阿貞結婚，成為夫妻。

李友文打橡皮彈弓遠不如阿村準確，不過因為打多了，偶爾也會打一兩隻麻雀回來。打回來的鳥，他自己清洗，自己烤，自己吃。

有一天，李友文打鳥的方法突然改變了。不知道這種方法是自己想的，還是從別人學來的。

在媽祖宮往大水河的方向，也就是公會堂的前門，有一條不長，卻相當寬的馬路，祭祀時，還可以搭戲棚演戲。大路下去，是下到大水河的階梯。還沒到石階梯之前，右轉，在港坪頂上，是一條小路。小路上植有多棵榕樹，在從大路轉小路的轉角，有一家相當規模的土礱間，也就是碾米廠。在公會堂的園區，或河邊的樹上，尤其是榕樹上，日夜都有許多麻雀停棲上面。

李友文白天不打鳥，到了黃昏，就拿著橡皮彈弓在公會堂的園區內，或港坪上的榕樹看著，從不出手。開始，沒有人知道他在做什麼。到了天色漸暗，麻雀的吱吱聲開始減少，甚至已停止，他就朝著剛才看到的樹上，看哪一棵，麻雀停棲較多的樹，不停將小石頭打上去。

啪啪啪。

嚓嚓、篤篤、ㄅ。

嚓嚓是打上去的石頭，穿過小樹葉的聲音，篤篤是打到大的樹枝的聲音。ㄅ是打到鳥了。

天色已暗，鳥已不能再自由飛走了，暫時騷動一下，又靜下來。

啪啪啪。

李友文向樹上不停打出小石頭。

嚓嚓、篤篤、ㄅ。

又打到鳥了。

鳥從樹上掉到地上，ㄅ。

啪啪啪。

李友文繼續打。

打了一陣子，李友文開始查看地上。

李友文利用遠處微弱的燈光，開始找鳥，找掉到地上的鳥。有的靜靜的躺著，有的還在拍著翅膀，有的還可以跳幾步。

李友文腰際繫著一個網袋，不管死的或活的，都一起塞進去。而後換一棵樹繼續打。明天天亮以後，他會來到昨天打鳥的樹下，觀察是否有卡在樹枝上的鳥。平時，都會有一兩隻卡在上面，李友文或爬上樹，或用竹竿把牠弄下來。

每次，他會打到一、二十隻，多的時候超過三十隻。有人反對殺生，不過土礱間的老闆很感謝他，說麻雀少了，他的稻穀損害也少了。

李宗文不贊成這種打法。他說，鳥連跑的機會都沒有了。太不公平了。這種打鳥的方法，是李友文自己想的，還是看到別人這樣做的？

李宗文也不喜歡蚊子釣。蚊子釣就是假餌，魚因為假的食物而上鉤。這也是不公平的。

李友文說，家裡自己的母雞生蛋，孵了小雞，有一隻很可愛，李友文說那是他的雞，他看著牠長大，長出金黃色的羽毛，翅膀和尾毛是黑的，看過去，整隻雞在發亮，母親還叫閹雞的師傅來替牠閹，養成了一隻大閹雞鼓。

有一天，是一月九日，天公生，母親把牠殺了，還留著長長的尾毛。李宗文說，拜天公，不能拜母雞，那是不敬的。

「牠有逃跑的機會嗎？」

李友文一邊吃雞肉，一邊說。

李友文也提到，金火伯，用霧網捕鳥，只要一吹笛子，鳥群就往霧網鑽，他捉更多的鳥。

「這也是公道嗎？」

李友文一個人在深井裡清洗那些打下來的麻雀。

他將鳥放在木盆裡，把毛拔掉，再把腳剁掉。有的鳥打到頭，眼睛都爆出來了，有的打到翅膀，也有的打到胸部，把毛拔掉之後，那些傷痕都顯現出來了。

「看，肚裡面還有很多稻穀。」

這表示，麻雀是吃了人的稻穀，也表示麻雀的肉是乾淨的。

一般，李友文是用烘爐去烤，不過，有時也煮麻雀粥。石世文他們三個兄弟，都經過戰爭，連老鼠肉都吃過。那時，煮老鼠肉要在青天底下煮，還要放幾粒白米，如米變色，表示老鼠肉有毒。

李宗文不吃麻雀粥。李友文怎麼講，他都不吃。李友文也叫石世文吃。

「我不吃。」

「為什麼？」

「牠會討命。」

「鳥又不是你打的。」

「我看到了。」

麻雀粥的確很好吃。肉更好吃，又嫩又香。

「鳥會認得人嗎？」

石世文問李宗文。

「大概會吧。為什麼？」

「友文走到哪裡，那些麻雀就會吱吱嚓嚓叫了幾聲，很快的飛走了。」

「呃。」

「要多久才會認出來？」

「大概要五分鐘吧。」

李宗文回答。

「真的嗎？」

「我想是這樣。」

朝鮮婆仔

大水河，公會堂那一段的港坪，也就是堤坡，呈ㄣ形。上面一段是較長的斜坡，中間有一條順著河流的通道，下面是一段較短，也較陡的斜坡。斜坡很特別，都是用紅磚串成的。

較早期，較大的船可以駛到舊鎮，靠岸裝卸貨物，這條路也是搬運貨物的通道。

現在，利用這條路的人少了。釣客可以利用它移動位置，小孩下水游泳，可利用它走到上游，再游下來。路的兩邊，長著各種野草，有的可以做藥，像臭川芎，狗尾草。

在戰爭結束前，黃昏，在這條路上時常會出現三、五個朝鮮女人。她們穿著不一樣的衣服，長長的衣裙，上衣是白色，裙子較多的是清鮮的淺藍色。

阿里郎呀，阿里郎呀。

有時，她們也輕聲唱歌。

「朝鮮屁。」

小孩在河堤頂上喊著。

卜通，卜通，卜通。

有的小孩還丟石頭，不過不敢對人，都是丟到河心水裡。

「不要丟石頭。」

李宗文曾經對石世文說。

「她們是可憐的人。」

石世文知道她們住在哪裡。

舊鎮有一家西藥房，在戰時，全舊鎮只有這一家。其他都是漢藥房。

這家藥房叫「蘭方西藥房」，在郵局對面。有一位老師說過，日本在江戶時代，醫藥知識和技術是由荷蘭傳過去的。就在「蘭方西藥房」的後面的巷子裡，有一家日式房子，那些朝鮮婆仔就住在裡面。

「那裡有台灣人嗎？」

「沒有。」

「那裡，有日本婆仔嗎？」

「沒有。」

「聽說日本婆仔沒有穿褲子。真的嗎？」

「是真的。」

「朝鮮婆仔呢？」

「有，有穿褲子。朝鮮婆仔有穿褲子。」

「她們洗澡的時候，什麼都沒有穿。」

大一點的小孩說。

「你看過她們在洗澡？」

「看過呀。」

「正經的？」

「當然是正經的，她們在深井洗澡，那裡有一個幫浦，朝鮮婆仔不怕冷，就是冬天，也用冷水洗澡。從門縫就可以看到。」

石世文曾經從門前走過，門沒有油漆，也真的有縫。不過，他不敢靠近。

有一次，是黃昏，他聽到有人用幫浦打水，也聽到水的聲音。

街上有一家醫生館，兼公醫。那個醫生館離石世文家不遠。那些朝鮮婆仔要去那裡做檢查。

醫生有三個小孩，其中一個比較大的，比石世文大一兩歲。聽說，醫生在做檢查的時候，他會去偷看。他們從玻璃窗的縫看進去。有時還會帶同伴去。聽說這個醫生很痴哥，叫護士不要把玻璃窗關緊的，也是醫生。

「世文，你想看？」

「沒有，沒有。」

「你是雞母蟲嗎？」

「不是，不是。」

「我有看到醫生拿鴨比仔嘴。」

「什麼是鴨比仔嘴？」

有一次，石世文碰到李宗文，卻不敢問。

戰爭結束了，很多以前不可能去的地方，他也去了，像總督府，他去過，裡面一個人也沒有。在尖塔附近，美軍飛機炸了兩個大洞，連鋼筋都露出來了。

他也去過朝鮮婆仔住過的地方，裡面有很多房間，都是鋪榻榻米的。在深井，也就大門直去的小庭子。的確有一個幫浦。他用手壓了幾下，的確有水出來了。這種聲音，和他聽到的一樣。

朝鮮婆仔去哪裡了？有人說回去了，回朝鮮去了。

「朝鮮在哪裡？」

石世文看過地圖，它和台灣一樣，都是紅色的，都是日本的領土。

石世文把地圖拿出來看一下。

「朝鮮婆仔真的和日本婆仔不一樣，是有穿褲子？」

那天晚上，不知為什麼，他一直想著朝鮮婆在河邊走路的情形。她們的衣服，她們走路的樣子，她們的歌聲。

他想到有人向朝鮮婆仔丟石頭，他也想到李友文打鳥的方式。他記得，有一次和李友文去撿鳥，有的鳥，身體還暖暖的，也軟軟的。

他拉下褲子，眼睛一瞄，然後用手彈了一下。

「雞母蟲，雞母蟲。」

他有看過阿雲姊在替阿榮洗澡，抹了肥皂，用手輕輕的洗。阿榮的鳥比他的小，他沒有看過阿雲姊彈它。

「雞母蟲，雞母蟲。」

他的聲音大一點，自己都聽到了。

大和撫子

防空演習

「勺少一點。」

阿財姆對川口秀子說。

防空演習。人在馬路上排成兩排，遞水桶。一排是內地人，一排是本島人。以婦女為主。

在舊莊，內地人有郡役所和街役場的官員，都住在郡役所後面的內地人宿舍區。這些婦女，除了上市場和參加官方的活動以外，較少在街上出現。另外，有國民學校的老師，住在學校附近。

防空演習已舉行過多次了。據說，敵人會先用炸彈或艦砲攻擊，那時要躲起來，等攻擊中止，再趕快出來救人和滅火。

救人用擔架。防衛團的團員，抬著擔架在街上跑來跑去，抓住一個路人，就施予急救，或用擔架抬走。被抬上擔架的人，笑嘻嘻的。也有人背著防毒面罩。

防衛團的團員扛著水管，把它解開，接在消防栓上，把水噴向天空。

砂和水都是滅火用品。每家門口都備有小水缸和小砂坑。火災發生，用水沖，用砂蓋。遞水遞砂是滅火的基本動作，每次演習，民眾都在街上排成長龍，把砂和水從源頭傳遞過去，傳到起火點，用以滅火。內地人認為，這是必要的基本動作，連運動會都有提水桶和扛砂包的競賽項目。警報有警戒警報和空襲警報。長的一聲是警戒警報，連續十聲是空襲警報。警戒警報是敵機出現在台灣附近，空襲警報是敵機已到上空。

他們印好圖畫，教人民如何識別敵機，包括機型和機種。敵機來襲，要先躲到防空壕，所以他們提供公用場地，像公園，讓人民蓋防空壕。

他們也在馬路兩側，沿途挖好圓坑，可以躲一人或兩人，萬一在路上碰到空襲，可先躲起來。來不及躲避，人要趴在地上，手肘托地，用手指按住眼睛和耳朵，腹部不能觸地，避免爆風和震動的傷害。

為了防止轟炸時，爆風引起的震動，震破了玻璃，玻璃窗上都貼上紙條。

為了受傷需要輸血，每個人身上都結著一個小木牌，上面寫著姓名和血型。

「什麼血型？」

川口秀子問過石世文。

「O型。」

「我A型。你可以輸血給我，我的不能給你。我是拿的，你是給的。」

「勺少一點。」

川口秀子是國民學校六年級的學生。本來，國民學校是由公學校和小學校改名的。表面上是一致了。不過，在舊莊，舊莊小學校改成舊莊國民學校，舊莊公學校改成舊莊東國民學校。多一個「東」字，表示差別。

川口秀子是由台北疏開來的，住在她舅父阿財伯家。她是第一棒，負責用水桶從水槽裡勺水，遞給第二棒阿財姆。阿財姆是阿財伯的後妻，是川口秀子的阿妗。

主辦者將內地人和本島人分開，是有競賽的用意。內地人人口少，人與人的距離較遠，每個人都要跑幾步，才能將水桶遞給下一棒。本島人可以手接手地遞過去。

「只是演習嘛。」

本島人一邊遞水，一邊笑。

「真正空襲，這有什麼用？」

「少一點。」

川口秀子每勺一桶，阿財姆就埋怨一句。川口秀子並不加理會，她的眼睛一直注視著內地人的隊伍。本島人，人多，距離短，多勺一點，也不很吃力。一定要贏內地人。

內地人也不認輸。他們人少，距離遠。他們都用跑步。他們了解主辦人的用意，多一分準備，少一分損害。雖然是演習，他們還是把它當真的。

篤篤篤。

晚上有人敲門。

川口秀子開了門，有兩個防衛團團員。他們說，她的家有燈火漏出去。

燈火管制也是一個重點。門窗都要用厚窗簾遮住，天窗要用木板做拉門，是活動式的，白天可以拉開。電燈泡要罩上長長的布罩，還有人發明一種特別的燈泡，整個燈泡從裡面漆成藍色，只在下面留下一個銅板大的透明部分，燈光從那裡照下來，成一個小光束。

燈光是從阿財姆的房間洩漏出去的。

「那一點點光。」

阿財姆正在屋裡搓圓子。戰時，物資缺少，剛好有親戚送來了一點糯米。米是管制品，糯米好像沒有。

「香條尖那麼一點的光，敵人從空中的飛機就可以看到。」

「對不起。」

川口秀子向防衛團員道歉，說她會立即改善。

防衛團員離開之後，阿財姆告訴川口秀子，她去過廈門，是有見過世面的人，這種小事不值得大驚小怪。她又說，這只是演習，敵人的飛機來了，頂多把所有的燈全部關掉就好了。

沒有錯，她去過廈門，當了人家的姨太太。

「我過橋，比別人走路還要多。」

川口秀子聽得出來，是在說她。

「做人姨太太，也算是過橋嗎？」

有一次，川口秀子還問過石世文。

以後再有演習，阿財姆就叫川口秀子排到後面。可是川口秀子卻跑去內地人那一邊了。

阿財姆吃飯有一種習慣，喜歡拿筷子在菜裡翻。川口秀子對她說，日本人都要分菜，不得已也要用一副公共的筷子或湯匙。

「免假仙，真正的日本女人是不穿褲子的。」

阿財姆說。

壞巴

壞巴

有人用瓦片在公會堂的圍牆上寫著。

公會堂是一個建築物，四周種有多種樹木和花草，成為一個小公園，加在一起也叫公會堂。

公會堂的大門向西，前面有一個小廣場，從小廣場出去，有一條大路，交叉成T字形。那條路，只有一百多公尺，由北向南，由媽祖宮通往大水河，可算是媽祖宮前面廣場的延長，也是舉辦廟會演戲的場所。路的南端是石階，往下到水面，船可以停靠，裝卸貨物。

公會堂的南側是大水河。公會堂地勢較高，和大水河之間有一斜坡，居民叫港坪，是用紅磚串連而成的河堤，這種紅磚河堤，在台灣是少見的。舊莊，以前是港埠，對著外港淡水，叫它內港。現在因為河沙淤淺，中型以上的船隻已不能進來，不過，舊莊的人還是稱河為港，河堤叫港坪。

公會堂的東、北兩側，和住家相鄰，築有一公尺多高的水泥圍牆，圍牆和住家之間，有一條可供拉車行走的小路。圍牆是一堵一堵的，有人喜歡在上面亂寫亂畫，有小學生寫同學的綽號或壞話，也有人畫飛機、坦克和軍艦，都是日本的，也有人畫動物和人。有人畫男女拉手。男女拉手不是常見的。也有人畫性器，畫的以男生為主，畫的也以男人的性器較多。有的畫得很誇張，把毛都畫出來了。作畫的工具，以瓦片最多，因為隨時可以撿到，也有人用木炭或粉筆。

「壞巴」，也是用瓦片寫的，是日本片假名。石世文知道，壞巴就是史特布爾壞巴*。在戰時，缺少棉和羊毛，多由人造纖維代替。這種代替品，品質較差，容易破損，是次級品，也是劣級品。

除了紡織品以外，也有其他的代替品，像皮革。有用豬皮，甚至用沙魚皮。石世文穿過沙魚皮的皮鞋，淋了一次雨，就完全變形，再也不能穿了。

石世文知道，「壞巴」是指他。在「壞巴」的右側，畫了一朵櫻花，是他的校徽，在左側較低的位置，畫了一高女的校徽。目前，在舊莊讀一高女的只有一個人，就是川口秀子。

在戰爭末期，日本節節敗退，台灣已在米軍攻擊範圍，日本政府為了減少損害，督促人民疏開。住台北的人疏開到鄉下。有人疏開到舊莊，像川口秀子，也有人疏開更遠，到農村或山邊。有人從台北疏開過來，也有人從舊莊疏開出去。

川口秀子從台北疏開到舊莊，住在石世文家的隔壁，阿財伯家。她是阿財伯的外甥女。她和石世文同年，都是今年四月考進中學一年級。石世文第一次考州立商校，沒有考上。考試沒有筆試，只有口試，題目對內地人或日語較好的本島人有利。石世文從鄉下去，一共有六個人，沒有一個考上。

石世文再去考私立中學，台北有兩個私立中學。考試很簡單，老師把考生集合在操場，先叫姓名，再叫學生掛掛單槓。那時，各種行業都差不多停業，沒有人收學徒，很多國校畢業生都去應考，從舊莊就有二十多人去，全部錄取了。

川口秀子不但考上州立學校，而且是以內地人為主的第一高女。一般本島人，讀的是第三高女。所以，在川口秀子心目中，石世文自然是次級品，劣級品，是「壞巴」了。

石世文見過川口秀子。川口秀子身材略矮，皮膚白白的，眼睛大，眉尾黑而細，嘴唇略厚，中間稍微聳起，呈山形，有點像百步蛇。她的身體不算胖，不過小腿較粗，算不算蘿蔔腿，石世文也不敢確定。

平時，石世文和川口秀子都穿便服，只有上學的時候才穿制服。川口秀子知道他所讀的學校，較可能，是在巴士上。

他們入學是在四月初。那以後，米國飛機出現在台灣上空的次數，也在增加。開始，

---

* 壞巴：fiber，當時指staple fiber，有次級品之意。

大部分是偵察任務，較少直接攻擊。上課的情形是完全視警報而定的。

石世文拿了瓦片，用力劃掉「壞巴」。但是，怎麼劃，在他的感覺，還是可以看到痕跡。他勺了一些水潑上去，再用草葉擦它。

過了一天，他又看到在另外的牆上寫著「壞巴」，而且寫得更大，也更濃。

那斯比

石世文很不服氣，在一高女的校徽旁邊寫了「那斯比」三個片假名。他只知道「那斯比」是茄子，他也知道那是代表一個私立的女學校，但是不真正知道「那斯比」的涵義。

「馬鹿，我不是那斯比。」

川口秀子的回答。

梅干次郎

「不改姓名？」

川口秀子用日語問石世文。

「為什麼？」

「要做日本人。」

「不是日本人了？」

「做真正的日本人。做一等國民。」

「有向父親提過。」

「怎麼回答？」

「沒有回答。」

「沒有回答，就是不想改姓名。」

「父親有一次提過，祖先下來就姓石，改了就完全接不上去了。」

「可以留住呀。林，日本也有這個姓，只是讀法不同。如果想分得更清楚，可以改成小林，或大林。吳也一樣，也是讀法不同。」

「國民學校的同級生，有一個姓吳的，改成吉田，完全看不出來了。」

「他們想徹底成為日本人。」

「有一個姓楊的，改成柳村。」

「呃。他們很有學問。漢字，楊和柳是相似的。」

「那妳為什麼改川口？」

「我本姓呂。我父親是想留住。呂有兩個口，川口是三口，不但留住兩口，還多了一個。不僅如此，父親出生淡水，是河口，河和川同音，也同義。不但留住姓，還留住地名。很有意思吧。」

「可是……」

「可是怎樣？」

「可是，外人是看不出來的。」

「要用一點腦筋呀。」

「聽說，日本人結婚之後……」

「要說內地人。我們都是日本人。」

「呃。聽說，內地人結婚之後，女的要改姓。」

「男的也可以改姓呀，改姓女人的姓。入贅就這樣呀。」

「如果內地人嫁給本島人？」

「也要改姓呀。」

「要改姓吳，或姓林嗎？」

「對呀。如果是我，我要對方先改姓，不然就姓我的姓。」

「為什麼？」

「馬鹿，我不是說過，要做真正的日本人。」

「石，怎麼改？」

「如果不留，什麼都可以。只要日本的姓就可以。岩是大石頭，岩也可以。岩波不是很有名嗎？石本身，也有很多，石井、石川都是好姓，都出過有名人。石川啄木，知道他嗎？」

「不知道。」

「不知道？是一位很有名的詩人，很年輕就死掉了。」

「幾歲？」

「二十多歲。」

「呃。」

「聽說，你原來姓李。」

「嗯。」

「那你也改過姓了？」

「過繼給阿舅，自然姓阿舅的姓。阿舅並沒有改姓。我只是跟著他。」

「姓李那邊，也沒有改？」

「對。李要怎麼改？」

「內地人好像沒有姓李。不過，李和櫻、梅、桃相近。櫻有櫻井、櫻田。有一位叫櫻町天皇。梅就多了。梅崎、梅田、梅原、梅村。桃有桃井。也有一位桃園天皇，就是櫻町天皇的兒子。有背過萬世一系的天皇的名字？」

「有。神武、綏靖、安寧、懿德……也會倒著背呀。」

「你喜梅干？」

「喜歡。我什麼都吃。」

「在李家，是老二？」

「對。」

「那可以改做梅干次郎。」

「……」

「不要生氣。不是有桃太郎，浦島太郎？梅干次郎有什麼不好？」

「……」

「吃過日の丸弁當？」

「吃過。」

「白飯，中間有一顆梅子那一種？」

「有。」

「梅干代表日丸，日本的國旗。你在哪裡吃過？」

「國民學校六年，有一次去遠足，先生帶了弁當，菜只有一個梅干，放在飯的正中央。先生說，這叫日の丸弁當，還分一點梅干給我。」

「先生是內地人？」

「是本島人。」

「有改姓名？」

「沒有。」

「姓什麼？」

「洪。他家有兩個姓，哥哥姓林。」

「哥哥也沒有改姓名？」

「沒有。」

「非國民。」

「為什麼？」

「他是先生吧？應該做學生的模範。一組有多少人改姓名？」

「……」

「怎麼了？」

「在算。有十個。」

「只有十個？一組有多少人？」

「八十個人。」

「什麼？一組有八十個？八十個學生？」

「對。是受驗組，學生較多。要考中學的，都擠進來了。」

「一年有幾組？」

「五組。」

「每一組都八十個學生？」

「其他四組，不是受驗組，學生少一點，也有七十個以上。」

「全年五組，學生快四百個了？有多少人改姓名？」

「十個。」

「不是說，你那一組就有十個？」

「只有受驗組有人改姓名，其他的組沒有。」

「一個也沒有？」

「沒有。」

「為什麼？」

「這裡是舊莊呀。台北很多嗎？」

「一、二十個。每一組一、二十個。」

「那也不多。」

「先生是本島人或內地人？」

「只有受驗組是本島人，其他四組都是內地人。」

「什麼？內地人的先生也不管改姓名？」

「好像不管。」

「真是。真是無法了解。」

鬼畜米英

有人做了兩個稻草人，放在郡役所的前庭，再用白布裹住頭部，畫出五官，穿著用同樣白布縫成的衣服，一個瘦、一個胖，一看就知道是米國的羅斯福和英國的邱吉爾。稻草人是固定在一個木架上，只有上身，兩個都在胸前釘上一個布塊，上面寫著鬼畜米英。為什麼沒有蔣介石呢？有人問。蔣介石不是主要敵人，有人回答。

在木架上，放著幾件武器，有木劍、竹刀和竹槍。竹槍可以做古代的長槍，也可以做現代步槍上的刺刀。

戰爭已打三年多了，米軍已上陸菲律賓，並奪回馬尼拉了。米軍已可以菲律賓做基地，繼續北上。

菲律賓離台灣那麼近，比日本本土近，甚至比沖繩近。米軍由菲律賓出發，攻擊台灣，是很輕易的事。實際上，米軍的飛機空襲台灣的次數，也越來越多了。

米軍會直接攻擊台灣嗎？會在台灣上陸嗎？

如果米軍攻台灣，日軍會不會真的戰到一兵一卒，真的會玉碎？

日本的戰報，是由大本營統一發表的。根據大本營發表，去年就有塞班島等地陷落。

塞班島是日本屬地，住有不少日本平民，包括婦女和兒童，他們都沒有投降，一起玉碎殉國。

根據大本營發表，在塞班島之前，有北太平洋的阿茲島玉碎，繼著塞班島，又有丁尼安島、關島等玉碎。較近的是硫磺島。這些島嶼，現在都變成米軍的基地了，米軍的大型轟炸機由那裡起飛，直接空襲日本本土，包括東京。

米軍會在台灣上陸嗎？

戰爭越持久，對日本越不利。日軍在人員、武器和物資方面都有越來越不足的感覺。日本政府為了儲蓄資源，戰爭初期就向民間徵收各款金屬，包括金銀等貴金屬。此外，他們也徵收廟寺的鐘，把民間的窗格子也都拿走了。這些物資，有的做為財源，有的直接製成武器。

去年，日本用神風特攻隊攻擊米國軍艦。用一架飛機換一艘軍艦。大本營也一直報導輝煌的戰果，讚美這種視死如歸的精神。

有人說，日本已沒有軍艦可以和米國打仗了。

怎麼可能呢？

每次戰役，不管是空戰或海戰，日本軍不都大勝利？米軍不都是損傷慘重嗎？

不管戰果如何，戰爭越來越接近台灣是事實。

如果米軍上陸，怎麼辦？

要打仗呀。要抗戰呀。

用什麼打仗？

經過三年多的戰爭，日本在武器方面耗損很重。軍人仍然用武器打仗，那人民呢？木劍、竹刀、竹槍都可以做武器。在武士時代，就是這樣打的。戰爭，除了武器之外，精神也非常重要。他們把兩三公分粗的竹子，削尖末端，當做長槍、刺刀，一旦米軍上陸，就可以用這些做武器，和他們拚命。用任何方式抵抗，用任何方式阻止敵軍，都是國民的責任。

石世文就住在郡役所對面。第一天，有教官在那裡示範，教人如何使用武器，教人如何握刀，如何比劃，還親自糾正人民持武器的姿勢。他也教人如何瞄準和攻擊敵人的要害，像脖子、胸部、手腕，並做一些斬首式劈刺的動作。有人說，敵人用飛機，用軍艦，用大砲，日本人卻用木劍和竹刀，如何去應戰？不怕死是最好的武器，每一個人都能視死如歸，敵人就無法得逞了。

「唉，呀。」

經常有人在那裡揮刀舞劍，較多的是年輕人。

為什麼是鬼畜米英？日本人不是常說，打仗要正正當當嗎？不是要尊敬敵人嗎？為什麼要用這種話去辱罵敵人呢？這也是提高士氣的辦法嗎？這也是戰爭的手段嗎？

開始，人比較多，要排隊。漸漸，人也越來越少了。石世文也上去比劃幾下。雖然是稻草人，使用假刀假槍，有使不出力的感覺。

「唉，呀。」

教官說過，只要大聲一點就對了。大聲叫喊，勇氣就會自然湧出來，力量也會出來。

在第四天，川口秀子也來了。她穿著白衣、黑長裙，是女子的武藝服裝，額頭還結著叫「鉢卷」的白布條，手握薙刀。這是日本女子的武裝。

她先蹲下身，緊閉嘴唇，眼睛瞪著稻草人，而後緩緩起身，迅速向前跨出幾步，用薙刀向稻草人劈過去。看來，她在學校有學過的吧。

「唉，呀。」

她一進一退，忽高忽低，用薙刀向稻草人劈過去。她瞄準敵人的頸部、手部、胸部、肢間。

「唉，呀。」

川口秀子曾經對石世文表示過，如果米軍上陸，她如不戰死，也一定會自殺的，在日本，一個城在陷落之前，所有的女子都要自盡。這就是日本女子，就是大和撫子。

川口秀子還說，支那兵臨死時，叫媽媽，日本兵臨死，都喊天皇陛下萬歲。為國犧牲，是國民的最高榮譽。

四月一日，米軍繞過台灣，上陸沖繩了。米軍為什麼繞過台灣？他們還會回頭過來嗎？

石世文感覺，以前，敵人是在南方，現在是在四周了。

再過幾天，米國羅斯福大統領突然死掉了，聽說是因為心臟病。有人在歡呼。還有人說，他們曾經用竹槍刺到羅斯福的心臟。

大空襲

嘟——

一長聲的警報，是警戒警報。

嘟、嘟、嘟……

連續十短聲，是空襲警報。

嘟、嘟、嘟……

這一次，不是防空演習，是真正的警報。只是警戒警報，而且很快就解除了，比演習的時間更短。不過，大家都了解，戰爭已接近台灣了。民眾開始慌張起來了。怎麼辦？阿財姆開始殺雞鴨。一隻雞，一隻鴨。一般民眾是逢年過節才殺雞鴨。阿財姆和一般民眾一樣，也自己養幾隻。雞鴨都還沒有完全成長。沒有完全成長的鴨子，細毛很多，很難拔乾淨。

有人問她，為什麼？

「做鬼，也要做飽鬼。」

阿財姆是阿財伯的後妻，去廈門趁食，後來做人家的姨太太，到了支那事變發生以後，才回到台灣，再嫁給阿財伯。

她的身材比一般婦女高些，皮膚也白，喜歡穿絲絨的旗袍，不管是豬肝紅或深藍色，都能把白色的皮膚凸顯出來。她在街上走，一般民眾，尤其是婦女，都會用羨慕的目光，多看她一眼。

阿財姆喜歡打四色牌，只要有時間，就打牌。除了打牌，也喜歡吃不同的東西，她喜歡吃鱸鰻，喜歡吃白鼻狸，喜歡吃燕窩。她用很多的時間去挑燕窩裡的細毛。她說，有毛才是真的。

阿財姆很喜歡吃水果，常說台灣的水果不如廈門的。她說，廈門的樹梅像李子那麼大，又甜又多汁，不像台灣的，又酸又澀。她最懷念的是水梨，她認為山東的水梨是全世界最好吃的。她喜歡剛出來的水果，像枇杷，像荔枝。有人問她，為什麼不等幾天，等盛產再買，又好吃，又便宜。

看她殺雞鴨，有人對她說，米國的飛機就是真的丟下炸彈，也不會丟在舊莊這種小地方，更不會炸到她，就是真的炸到了，多吃一口和少吃一口有什麼差別？誰要做枵鬼（餓鬼）？做枵鬼很難受的。

川口秀子在背後說，這就是「妾根性」（細姨心態）。

以後，不但是警戒警報，接著就是真正的空襲警報。出現較多的是P38和葛拉曼。

P38是雙胴的，是戰鬥偵察機，性能優越，飛得又高又快，日本的飛機好像不敢接近。

「空中戰。」

有人喊。

「擊墜。」

又有人喊。

石世文想，一定是米國飛機被打下來了。結果正相反，被打下來的是日本飛機，是被葛拉曼打下來的。

五月三十日，天氣晴朗，一早，台北附近就發出警報。

「敵機。」

十點多，石世文在公會堂的港坪上面，看著台北的方向。港坪上有幾個人在遠望，川口秀子也在。這一次引擎聲較低沉，是轟炸機。從港坪上可以看到總督府的尖塔。有六架飛機排成橫的一排，從那邊飛過來。高射砲的砲彈在飛機的四周炸開，在天空上留下一朵朵像花的砲煙。從兩個垂直尾翼判斷，是B24。

「擊墜。」

忽然有人大聲喊出來。

石世文也看到，最左側的一架飛機，突然中彈，在空中解體，飛機的碎片，在陽光下，閃著銀色的光，迅速掉下來。

川口秀子舉起雙手喊著，也有人跟著。

「萬歲，萬歲。」

翌日，五月三十一日上午，天氣依然晴朗，可說幾乎沒有一片雲。石世文照常去台北上課。學校是有開的，不過一發出警報就停課。

過了台北橋，警報又發出來了。他看到高空中有一架P38飛過。今天又停課了。他和一個同學一起回家。

他走路經過台北橋，到了二重埔，米國的轟炸機開始炸台北市了。這一次，也是B24。三架飛機，排成橫排，一波一波，把炸彈投下，而後飛過大水河，從他的頭上飛過去。目標可能是總督府，炸彈都在附近爆炸。他在二重埔，實際上和台北只隔一條河。他可以清楚的看到炸彈掉下的情形。

米國飛機是一波一波的來。飛機一來，他就躲在路的兩邊挖好的小圓坑，一個圓坑可以躲一人或勉強擠二人。

他知道炸彈是往前落下的，所以飛機飛到頭頂上就安全了，他就從小圓坑出來，再往舊莊的方向行進。

「再看一下。」

石世文的同學姓高，家裡是演布袋戲的，到了戰時，就完全停演了。石世文有點怕，不過他也很想看。炸彈一掉下來，依次往前掉，也依次往前炸開。先看到爆炸，再聽到聲音。

總督府被炸到了，冒煙了。煙來越濃，也越升越高。也可以看到火焰了。他回到舊莊，轟炸已停止了。他走到公會堂的港坪上，看著昨天米國飛機被擊落的地方，以及現在的總督府，一股火柱已升到半空中，整個天都染成紅色，火一直燒到黃昏，天已轉暗以後。

有人說，米國飛機大舉轟炸台北，是為了報復昨天有飛機被擊落。有人說不對，昨天米國飛機是編隊飛越台北，演習如何有效轟炸。

那天晚上，消息傳來，川口秀子的父母和唯一的弟弟被炸死了。他們躲在防空壕裡面。內地人說，要躲進防空壕才安全，躲在防空壕裡只怕直擊彈。不幸，她的父母和弟弟就是遭到直擊彈，整個防空壕被五百公斤左右的炸彈炸開，連屍體都沒有找到。

川口秀子的父親在圓環附近開一家漢藥店，本來也計畫一起疏開到舊莊，因為雖然是戰時，還有一些生意，不能完全停歇。他認為，賣藥也是救人，沒有想到空襲來得那麼快。

翌日，石世文又去上學。學校沒有被炸，不過先生沒有來。回途，他繞了一點路，去看被轟炸的地區。

他看到許多房子倒下來了。有的只剩下牆壁，有的牆壁只剩一半，有的完全沒有了。因為大部分房子是磚造，只剩下一堆一堆的紅磚。在廢墟裡，可以看到一些家具，有的還完好，有的支離破碎，有眠床、有桌椅、有佛桌，都蒙上灰塵，有人在那裡尋找，有人在清理，一邊哭泣著。

在馬路上，在房屋裡，還留下像小水塘的大坑洞。那是大型炸彈炸出來的。有些地方，水管破裂了，從水管噴出水柱，有的坑洞已淹滿了水，像真正的池塘。在廢墟裡面，不少地方還在冒煙，還可以聞到燻味。

在瓦礫中，可以聞到一股股微弱的腥味，會是人的血和肉的味道？

他看到一座教會，也被炸到了。一堵牆壁已完全沒有了，教堂裡面的桌椅都露出來了。聽說，也有寺廟被炸到了。

米國人也炸教堂嗎？是有意？還是無心？

在教堂附近，有一家私立女中，有人叫它「那斯比」。川口秀子說他是「壞巴」時，他說她是「那斯比」，她還罵他「馬鹿」。在她心目中，州立和私立相差很大。自那以後，他似乎有一點了解「那斯比」的意思了。

聽說，川口秀子的家就在教堂附近，會是哪一家？現在，她是不是也在現場，像其他趕來處理現場的親人？他不知道正確的位置，他會碰到她嗎？

他從台北橋走路回家。他發現左側的人行道上有一個直徑一公尺多的洞。那是炸彈穿過的，炸彈沒有爆炸。那一個洞，露出了鐵筋，從那裡可以看到河面。

川口秀子的父母和弟弟被炸死的時間，應該是中午前後，也正是吃午餐的時間。

「他們有吃過飯嗎？希望他們有，才不會做枵鬼。」

阿財姆說。

照理，應該是還沒有吃飯，因為空襲從十點多開始，大家躲進防空壕的時間，應該早一點。

自從那次空襲以後，每次發出警報，阿財姆就率先躲進防空壕，也會準備一些她喜歡吃的。石世文發現，她拿起食物，手還會不停地發抖。

督鼻仔

「督鼻仔掉下來了。」

有人在舊莊的山區發現米國飛行員的屍體，用手拉車運到郡役所來。石世文也跟著民眾到郡役所的後面去看督鼻仔。沒有錯，已有不少民眾，在郡役所後側的紅磚建築物的一角，圍了好幾層，從人縫間可看到衣物的部分，卻看不到人。

「醫生來了。」

是街上的公醫。

民眾讓出一條路，石世文也順勢，在醫生的後面擠到前面。但是，人還是太多，大部分是大人，一下就擋住他，他只能從右邊的空罅看到一部分，從左邊看到另外一部分。一個人躺在紅磚屋屋簷下面，身體碩大，橫在屋簷下的小水溝上，頭部和胸部在牆下巷路上面，腹部以下，滑到砂礫地上。

他的頭髮是淡棕色的，短而柔，嘴微微張開，露出雪白的牙齒。沒有鬍子，眼睛是緊閉著。

石世文再往前面擠一點。這一次，他幾乎可以看到整個人了。他看督鼻仔，他感覺死者的鼻子的確高了一些。

他真的是米國的飛行員嗎？他真的是從飛機上掉下來的嗎？是什麼飛機？

五月三十日，有一架米國飛機被擊落，那已是三天以前了。會是那架飛機的飛行員嗎？舊莊郡役所的管轄區有山地，不過都是矮山，最高也只有五、六百公尺，不大可能拖到現在才被發現。

是不是另外有米國的飛機被擊落了？

記得，前些日子，日本和米國的飛機發生空中戰，有一架飛機被擊落了。石世文認為是米國飛機，但是阿財伯家的一個木匠師說，被擊落的一定是日本飛機。次日，他在報紙上沒有看到任何報導。

米國轟炸機來台北附近舉行轟炸，每次都有高射砲迎擊，除了五月三十日那一次，沒有一次命中過。來空襲的如果是戰鬥機，高射砲隊就不敢出手了。戰鬥機飛得低，也飛得快，不但打不到它，反而暴露自己的陣地，變成被攻擊的目標。

這個飛行員到底怎麼掉下來的，沒有人知道。也許，官方知道，沒有發表。自從大東亞戰爭爆發以來，所有有關戰爭的消息，都由大本營統一發表。不要傳播謠言，不要聽信謠言，這是政府的一貫政策。到處都可以看到畫著三隻猴子的圖案，一隻用手摀住眼睛，一隻摀住耳朵，一隻摀住嘴巴。

像五月三十一日的大空襲，好像沒有看到報紙登出來。石世文沒有看到報紙。也許沒有印發報紙。有人說也許印報紙的機器也被炸壞了。不過，今天又有報紙了。

有人說，這個督鼻仔太年輕，不是駕駛員，可能是通信員，可能是投彈員，也可能是機槍手，他們說，大型的轟炸機，有十個以上的機員。

如果是這樣，其他的機員呢？

醫生穿的是戰時的服裝，雖然不是軍服，卻是模仿軍服。這種服裝，一方面行動方便，另一方面也好像可以提高戰鬥精神。醫生看著死者，從頭到腳，不急也不緩。死者腳上只穿襪子，沒有皮鞋。醫生蹲下身，摸摸死者的頭，再拉拉他的手，也看著他的嘴。死者手上還戴著手錶。他聽了一下手錶，輕輕的搖頭。他把死者的眼睛撐開一下，眼珠是淺藍色的。石世文第一次看到這種顏色的眼睛。醫生輕輕的打開死者的口腔，只開了一點，看看牙齒，牙齒是雪白的。嘴角有一條細細的裂痕，還沾著一些血。如果有傷痕，這是唯一的傷痕。

看來，他好像在睡覺，像喝酒醉的人。他真的死了嗎？看來很像活人。

他身上還背著落下傘。

「為什麼不跳傘？」

有人說。

「來不及了。」

有人回答。

石世文還記得五月三十日，B24被擊落的情形。整架飛機在空中散開，變成一堆碎片掉下來。像那樣，哪裡有跳傘的時間。

醫生將死者的衣領拉開一下，脖子上掛著一個十字架的鍊子。在國民學校時，有一個同學是基督教徒。他常說「神愛世人」。

這個督鼻仔是摔死的，每一個人都這樣想吧，醫生的檢查也很隨便。

「沒有毛。」

醫生拉開死者的褲鈕。

「太年輕了，還沒有長毛。」

有人說。

「有的是不長毛的，叫白虎。」

醫生也在替街上的趁食查某做衛生檢查。石世文看過，就在診所的門廊定期有趁食查某在等著檢查。男人也叫白虎嗎？

「他的確很年輕，恐怕不到二十歲。」

「讓開，讓開。」

有一個女子撥開其他民眾，站在死者前面，看著他，舉起腳，向死者的臉部猛踢兩下。

「畜生，畜生。」

她一面叫，眼睛已漲紅，淚水一直滾下來。

她就是川口秀子，五月三十一日，台北大空襲時，她的父母和弟弟被炸死了。

「怎麼了？」

有人把她拉開。

「復仇。」

她大聲喊著，聲音已有點啞了。

「好可憐。」

有人說。是對川口秀子，還是米國飛行員？

李宗文曾經對石世文說過，戰爭，不管哪一邊，都是可憐的。

沒有錯，很多人死掉了，死掉很多年輕人，像這個躺在地上的飛行員，還有川口秀子的弟弟，更年輕，連國民學校都沒有畢業，而且連屍體都找不到。

嗨，部長殿

「待避，待避。」

戇九仙拄著枴杖，左腳畫著圓圈，像搖櫓，在公會堂的樹下，高聲喊著。

「待避」就是叫人躲起來，躺在樹下，最好是躲進防空壕。

警戒警報已發出，還有一些小孩在樹與樹之間的空地，奔跑追逐，有大一點的，還走到港坪邊緣，好奇地看著天空，或台北的方向，看看有沒有敵機。

戇九仙，以前當過教師，現在在郡役所對面，開代書事務所。他太太現在還是老師，為人和善，大人、小孩，不管有沒有被她教過，都叫她罔市先生。

據說，戇九仙的左腳，是因為財務糾紛，有人尋仇，叫人剁斷了他的後腳筋。

石世文很怕戇九仙。現在，雖然已發出警戒警報，也不一定會發空襲警報。這是常有的事。小孩，也許已忘掉台北的大空襲，也許，有的還認為沒有看夠。

每次，他大聲叫喊，大一點的孩子會說他像狗吠。九和狗同音，戇九就是呆狗。

有些台灣人的名字很奇怪。有人叫羊港，有人叫豬哥，也有人叫狗屎。羊港是小公羊。有的，明明是男人，都叫查某。好名字怕天妒。

戇九和罔市連起來，就是呆狗姑妄養之。更巧的是，戇九仙住前落，開代書事務所，後落暫時租給一對從台北疏開過來的教師夫婦，名叫黑面和也好。

早期社會，大家都期待生男孩，生了女孩就叫罔市，叫也好。也有的叫招治，或來治。治和弟同音，就是招來小弟，帶來小弟，期待下一胎生男孩。

黑面有一個兒子，叫沈應元，大石世文兩歲。小孩，大一兩歲就差很大。有一次，沈應元碰到石世文，叫住他，在他臉上打了一拳。石世文不知道原因。「你為什麼亂叫我父母的名字？」「我沒有呀。」原來，有別的大一點的小孩，喜歡叫「戇九罔市、黑面也好」。沈應元上去理論，對方反問他，「那你的父母叫什麼名字？」

李宗文曾經對石世文說過，這雖然是他們的名字，是父母給的，是很不好聽，叫「戇九仙、黑面仙」，他們不會生氣，把兩對夫妻的名字，像唱歌一般叫著玩，對方是一定生氣的。何況對方是長輩，而且是有名望的人。

石世文並沒有叫「黑面，也好」，是因為沈應元鬥不過大一點的小孩，來打他出氣。

戇九仙很小心，也愛管事。有人說，是因為他做過教師，管教小孩慣了，也有人說，自從他的後腳筋被剁斷，就變得小心怕事了。

突然，飛機的引擎聲，嘩的劃過天空，繼著就嗒嗒嗒，一陣機槍的掃射聲。有一架米國飛機俯衝下來，掃射渡船頭。

石世文的生父馬來伯也是船夫，不過他輪夜班較多，白天不在船上。

渡船頭是會移動的。大水河的河床全是黑沙，大水一來，把沙沖來沖去，沙岸也會伸縮變形，渡船頭也跟著沙岸的形狀而改變，一般是採用沙岸伸出，河面距離較短的地方。

這一天，舊莊這邊，渡船頭是設在媽祖廟前面的馬路盡頭，石階下去的地方。

嗒嗒嗒嗒。

也許是同一架飛機，又繞回來，也許不同一架。這一次，目標是監視台。

監視台搭在公會堂左前方的圍牆裡面，是用四根高大的檜木做主柱。它的旁邊有幾棵高大的大王椰子，那些椰子可做掩蔽物。不過，監視台比椰子樹更高。實際上，監視台的屋頂和木架，都綁著樹枝做偽裝。不過，從遠處還是看得很清楚的。

監視台是用來觀察敵機的動態，用以告訴民眾。

開始，大家都還不知道監視台的危險性。據說，敵機喜歡攻擊高的建築物，像燈台，像監視台。因為這種高的建築物可以提供較多的訊息。

第一次掃射，渡船是停靠在對岸，正在載人。船上有幾個人，穿著戰時服裝，類似軍服，被誤認為是軍人。

船夫是一個比石世文大兩三歲的小孩。他說，被敵機的螺旋槳吹落水裡，沒有受傷。有人說，是他自己跳進水裡。飛機俯衝下來，大家正慌亂，他已先跳入水裡了。

這一次掃射，兩個人受傷，沒有死人。有一個教師叫陳水福先生，是石世文的國民學校的老師，並沒有教過他。陳水福先生人很好，為什麼打到他？

他是騎腳踏車，正想坐渡船回來。子彈擦過他的屁股，挖掉一塊肉。他用手壓住傷口，流了不少血。有人笑他，屁股開花了。渡船一靠岸，防衛團的人很快抬了擔架來，把他送去醫療。

第二次掃射，目標是監視台。並沒有人受傷。

平時，監視台上由防衛團團員輪流看守，每次二人。他們的工作就是，看到敵機就要敲鐘，要民眾趕快逃避。剛好有矮仔部長來巡視。他經常出來巡視各種防衛工作。

「上面的人。」

部長在下面喊著。

「什麼事，聽不清楚。」

「下來。」

矮仔部長太胖，無法上去。

「為什麼兩個都下來了？」

「嗨，部長殿。」

「為什麼沒有敲鐘？」

敵機掃射渡船頭，監視台上卻沒有聲息。

石世文聽過他們在敲鐘，是在演習的時候。

「還沒有發出空襲警報。敵機來得太快了。部長殿。」

一個監視員立正回答。

「你們的工作，就是要用眼睛監視敵機。」

「飛得太快，又太低了。部長殿。」

「馬鹿野郎。」

矮仔部長揮拳打他一個嘴巴。他先打一個，再打另外一個。矮仔部長是很少打人的。

「飛機當然飛得很快。」

嗒嗒嗒嗒。

矮仔部長話還沒有說完，有一架飛機掃射監視台。在敵人的眼睛看來，監視台就是前線，它是在偵察敵人，自己又有明顯的目標。

監視員說飛機飛得太快、太低，是事實，連警報系統都來不及發覺，已不止一次，敵機已來到上空，還沒有發出任何警報。

嗒嗒嗒嗒。

是飛機又繞回來？還是另外的一架？

矮子部長和兩個監視員都一起趴下去。

飛機一過，監視員先站起來了，矮仔部長太胖了，仰起頭來，人卻無法爬起來。監視員用力拉他起來。他的臉色，很快地，由白轉紅。

那時，從上面飄落一些木塊和木屑。他們抬頭一看，監視台上的木牆，已被機槍打爛了，沒有掉下來的木板，還在上面搖動。

「的確，太快了。」

部長說。

「嗨，部長殿。」

有一個監視員，正想伸手拍掉部長沾在身上的土灰。

「不用了。」

「嗨，部長殿。」

兩個監視員一起舉手，向部長敬禮。

「趕快叫人修理。」

矮仔部長看著上面。

「嗨，部長殿。」

破片爆彈

夜已深，石世文從防空壕出來。他沒有戴手錶，不知道準確的時間。

防空壕是在公會堂的圍牆內，由公家提供土地，鼓勵民眾建造。防空壕是長方形，先挖一個坑洞，立相思木撐住，再釘上相思木做屋頂的橫樑，上面鋪著木板、油紙，再蓋上泥土，最上面還種著草皮，有的還在四周種起一些小樹木。防空壕的門有兩個，一前一後，和防空壕的坑洞成直角，也就是成為ㄇ字形，以防止燈光的洩漏，和爆風的灌入。石世文家的防空壕和阿財伯家合建共用的。

他看到鳥屎榕下面的石條上，有一個黑影，是川口秀子。她坐在那裡很久了。她的臉是朝著台北的方向。

公會堂的南側，流著大水河，在紅磚港坪的上方，種有幾棵大樹。從西端，也就是從媽祖宮通往河邊的大路那邊算起，有朴子樹、大榕樹、苦楝、榕樹、鳥屎榕，還有一棵已枯萎，只剩下半截樹幹的樟樹，和一棵合歡。

在樹下，放著一排石椅條，可以觀景，也可以坐涼。在大榕樹下，還放著一些石柱和石碑，是修建媽祖廟時，移到這邊來的。

坐在石椅條上，可以看到海山郡，也可以看到台北市。前幾天，就有不少人在這裡看著台北市遭到轟炸，起火燃燒。

現在，四周是一片漆黑，台北和海山都一樣，只有天上的點點星光，以及投射在大水河上的微光。

前些日子，在河邊還可以看到幾處高射砲陣地照射上去的探照燈，燈光在空中逡巡交叉，當敵機一來，就用探照燈光鎖住，以便高射砲向交叉點發射，擊中敵機。但是，自從大空襲以後，再也看不到探照燈的雄姿，就是有，也是零星一閃過，有點洩氣的樣子。

川口秀子一直望著台北的方向。從前，順著大水河下去，因為沒有遮攔，可以看到台北的燦爛燈光。

川口秀子會不會自殺？石世文一直擔心著。川口秀子在一瞬間，失去了一家人。另外，政府一再宣示，就是戰到一兵一卒，也不會投降。阿茲島、塞班島，還有其他的，不都一一玉碎了？

日本，每次有島嶼失陷，就大肆宣傳玉碎。有人相信，更多的人不相信。雖然大人不相信的較多，像川口秀子還是深信不疑。

戰爭越來越緊迫，也就是越不利。沖繩的戰爭，自四月以來，日本軍一直敗退，有大人說，陷落是早晚的事。沖繩有那麼多平民，他們會玉碎嗎？

如果沖繩陷落，米軍會直接攻日本，或回來攻台灣？如果攻台灣，台灣也會玉碎嗎？有人說，台灣有許多高山，要逃到內山去。

川口秀子會逃走嗎？

沖繩的婦女，大部分是女學生，已組成姬百合部隊，打算和米軍戰鬥到最後一人。他們真的會玉碎嗎？玉碎除了戰死，就是自殺。

川口秀子會自殺嗎？

石世文站在港坪上，看著大水河。雖然沒有燈光，他還是感覺得出來，河水在流著。

川口秀子會跳河嗎？

川口秀子會游泳。她說，不會游泳怎麼能算是大和撫子？石世文也會游泳。住在大水河附近的很多小孩會游泳。他曾經聽大一點的孩子說，會游泳的人，跳進河裡，自然會浮起來，不會淹死。日本軍艦被擊中，在沉沒之前，艦長會把自己綁在軍艦上，一起沉海裡。這是一種責任，也是為了怕浮起來。川口秀子會不會把石頭綁在身上？聽說是有人這麼做的。

「石君，過來。」

石世文走到川口秀子的旁邊，站著。

「坐下來。」

川口秀子指著旁邊另外一個石椅條。

「石君，為什麼跟著我？」

「我怕……」

「怕什麼？」

「我怕……」

「怕我自殺？我不會自殺。我要等米軍上陸，拿著薙刀殺他們，而後被他們打死。」

「妳不會自殺？」

「不會。」

「如果沒有被打死，而是被捕……」

「我，我已有覺悟。」

隆、隆、隆、隆。

「那是什麼？」

是飛機的引擎聲。是敵機？

低沉而緩慢的聲音，應是米軍的轟炸機。

「怎麼會是這個時候？」

在大水河的對岸，突然一陣閃光。

轟隆，轟隆，轟隆，轟隆。

隨即一陣巨響，帶著爆風猛衝過來。地也撼動起來了，頭上的樹葉也沙沙的響，掉了下來。

「哎呀。」

石世文正要趴地，川口秀子叫了一聲，用力抱住他，全身在發抖。

……

石世文聽到了聲音。什麼聲音？爆炸之後，還有什麼聲音？聲音是由川口秀子的身體發出來的，像是水聲。

天氣轉熱，石世文穿著短褲和木屐，川口秀子的身體已完全靠著地，她穿燈籠褲，褲管濕濕的，黏住他的腿部和膝蓋，溫溫的。

有人從防空壕裡出來了。

「石君，不能說喔。」

川口秀子說，把他推開。

「怎麼啦？」

有人從防空壕出來，也有人是從家裡來。已有二、三十個人聚集在港坪上。他們是被爆炸聲驚醒的。有的就站在剛剛石世文和川口秀子站立的地方。

「爆彈掉下來了。」

「掉在哪裡？」

看來，沒有一個人知道炸彈是掉在哪裡。

「那邊。」

石世文指著對岸說。

「海山街？」

「不是，是沙灘。」

「為什麼炸那個地方？」

有些人來，有些人回去。石世文回去防空壕，裡面只有一盞臭油燈。再過片刻，川口秀子也進來。她已換好了衣褲。

「石君，不能說喔。」

「嗯。」

「真的？」

「嗯。」

忽然，川口秀子伸手，壓住他的胸部，也就是剛才她用力推開他的地方。

「真的？」

「嗯。」

川口秀子看著他，而後拉了他的手，放在自己的胸部，用手掌壓著，他感覺到軟軟的。

「不能說喔。」

「嗯。」

翌晨，有人去對岸看炸彈炸過的情形。石世文也坐渡船過去。在沙灘上，隔著一些距離，排著一排，大概有七、八個，小池塘大小的坑洞。在沙灘上還散落著大大小小的炸彈碎片。有人在撿。石世文撿起一塊手掌大小的碎片，邊緣成鋸狀，很銳利，像刀刃，可以削鉛筆。他記得看過介紹敵人武器的資料，是那種殺傷力很強的破片爆彈。

石世文也撿到一個機關砲的彈殼。他沒有找到子彈。

炸彈的坑洞是在沙灘上，是和大水河的河流平行的。如果炸彈往北移二百公尺，正好掉在舊莊的街道上。

「為什麼會炸在沙灘上？」

有一種傳說，有人看到觀音菩薩站在雲端，用拂塵輕輕一撥，把炸彈撥到沙灘上。有人說，把炸彈撥開的，應該是媽祖。炸彈掉落的位子，往北移，剛好落在媽祖宮上面。另外的人說，觀音寺就在河邊，更近。

天象

濁水溪澄清了，街上有人在傳說。有人說，濁水溪三年澄清一次，有人說三十年。阿財姆說，黃河澄清三千年。她去過廈門，她也喜歡看歌仔戲。現在，歌仔戲是禁演的。她的想法和這些經驗有關嗎？

有人說，濁水溪澄清，就要太平了，戰爭已打了好幾年了。本島人也去當兵了。以前只做軍伕，現在可以當兵了。也有人戰死了。一個人活著出去，變成一個用白布裹起來的木盒子回來了。石世文看過，有人被徵召去南洋，要坐船，怕船被擊沉，浮在海上，碰到沙魚，就用紅布做了很長的丁字褲，聽說沙魚在攻擊之前，要先比身長，如果紅布比牠長，牠就會退走。也有不少人，坐輸送船，還沒到目的地就被敵人的潛水艇擊沉，人也喪生了。同樣的死，第一個裝在木盒子回來的呂姓軍伕，街役場有派人去迎接，還替他做了日式墓碑，現在已沒有了。

米國的飛機也來空襲過了，有掃射，也有轟炸，把房子炸壞，也炸死了不少人。

各種行業都歇業了，每一家，都在吃著老本。

戰爭的局勢，看來，對日本很不利。日本會輸嗎？石世文想著，川口秀子說，日本一定會獲得最後的勝利。

對年紀大的本島人來說，誰贏誰輸，差別不是很大。他們只要太平。因為不能去廟裡行香，有人就在深井，向天祈求，祈求太平快一點來臨。

學校已完全停課了，上級生去當兵了，石世文是一年生，也被徵召去士林火車站，替日本海軍推輕便，把一些檜木的角材，推到士林試驗所。

工作的時間並不很長。到了下午，他從士林坐火車到圓山，再走路，經過台北橋回家。在路上，他看到一個奇怪的現象。沿途，有人在望著天空。他抬頭一看，天空已分成兩半，一半是厚厚的雲層，另外一半是藍天，沒有雲。

「怎麼會這樣？」

「戰爭要結束了。」

「要太平了。」

「日本會贏嗎？」

自從米國在廣島和長崎投了兩顆奇怪的炸彈之後，米國的飛機已兩天沒有在台灣的上空出現了。米軍撤退了嗎？

根據報導，那兩顆炸彈，已把廣島和長崎都炸平了，炸死了好幾萬的人。

為什麼天空那麼平靜，連一次警報都沒有發出。好奇怪的感覺。戰爭會有很大的變化嗎？日本會輸嗎？石世文實在不願意這樣想。

「日本快輸了。」

有人悄悄地說。政府禁止亂說話。但是，還是有人說出這種話。

石世文走了一段路，就抬頭看看天空。雲層還是一樣，把天空分成兩半。日本是哪一邊？在國民學校時，在朝會，每個人都要轉向東北方向，向宮城遙拜。宮城就是天皇陛下住的地方。

被雲遮住的，正是那個方向，被雲遮住的，會是勝利的一邊？會是這樣嗎？不管怎麼想，他總覺得，被雲遮住的，應該是不吉利的。

他又看著天空。現在，太陽應該已有點傾西了。可是，他看不到太陽。雲層太厚了，也太廣了。雲層好像還在擴大，感覺上，被遮住的已比一半大了。真的這樣？還是一種錯覺？

白雲遮住太陽，這和國旗有關嗎？這會真的是一種不祥的徵兆嗎？

雲的顏色也在變。邊緣較亮，閃著陽光。亮光由艷白色轉成淡黃色，好像鑲了金邊。顏色和亮度也越來越強。雲層的部分，本來是白色的，也慢慢轉變成淡灰色，而且越來越濃，由淡灰色，轉變成紫灰色。

天空還是畫著一條線。他從一端看到另一端。他是第一次感覺到天空是那麼長。

他聽大人說，日本不會贏。這些日子，報紙還是報導最後的勝利屬日本，只要一億一心。大人說，這些報紙都在說謊。

日本真的會輸掉？

其實，石世文已感覺出來，局勢的確對日本很不利。如果有能力打敗米國，為什麼要玉碎？

沖繩已被米軍佔領了。沖繩有很多居民，好像沒有聽說玉碎。不過，有很多人自殺。其中最壯烈的是由女學生組成的姬百合部隊了。那些女學生退到海邊的斷崖，都跳下去了。

米軍會攻擊台灣嗎？會上陸台灣嗎？還是直接攻擊日本本土？有人說，為了省力，自然直接攻擊日本本土。

日德義曾經締結三國同盟，要並肩作戰。義大利和德國卻相繼投降了。都是無條件投降。那時，日本還在嚴責他們不顧道義。日本說要戰到一兵一卒。日本會投降嗎？石世文一直問著自己。

川口秀子怎麼想呢？她說她不會投降。萬一日本打輸，她真的不會投降？那她會像姬百合自殺？

她也曾經問過他，他會自殺嗎？

「不知道。」

「弱虫。」

她露出看不起他的眼神。

他已走到舊莊的街道上了。街道不寬。路的兩邊是房子，中間是一條天空。天空好像變窄了。天上的雲好像有一點變動了。那條線似乎沒有那麼清楚了。

川口秀子曾經問他什麼叫姫百合。他說不知道。

「那是一種純美的花。」

川口秀子說，眼睛已轉開了。

日本會輸嗎？

川口秀子會自殺嗎？

打倒台灣人

石世文在士林試驗所，和日本海軍軍人一起，正坐地上，聆聽天皇陛下的玉音之後，負責的海軍軍人告訴他，可以回家，不必再來了。

日本真的降伏了嗎？他一時反應不過來。會是無條件降伏嗎？

義大利和德國，前後無條件降伏，日本人不是譴責過他們，太卑劣，太不顧朋友情誼了？

怎麼辦？他在回家途上，一直想著這個問題。

他回到舊莊，已是下午三點了。聽說，在郡役所後面的內庭，也就是郡役所和武道場之間的砂礫地，郡役所和街役場的官員都在那裡聽玉音。

在戰時，日本禁止台灣人供奉神明，父母把它放在竹籃裡，藏在半樓上。現在，父母把神桌上的大麻拿下來，把掛在神桌上方壁上的天皇陛下及皇族的相片也拆下來，把神明拂拭一番之後，放回神桌上。

民眾在家裡燒香，感謝太平來臨，也有人去廟寺行香謝神。民眾也開始搓圓子了。以前，打仗期間，聽說圓子可以做子彈，現在太平了，也搓圓子。也有人開始放爆竹了。

日本人，自從聽了玉音之後，都躲起來，很少在街上行走。日本人在舊莊本來就不多，除了郡役所、街役場的官員和國民學校的老師以外，只有一個伊藤桑。他不住在日本人的宿舍區，是住在街上，離石世文的家，只有五間。他做代書，兼賣阿片。他的太太，每天清晨，風雨無阻，都要去神社祈求皇軍的武運長久，也祈求兩個去當兵的兒子平安回來。他的真誠，全舊莊的人都知道，也都很感動。

現在，戰爭結束了，聽說他們的兩個兒子都平安，她還是每天去神社。神社是在街尾，一條砂礫路由南向北，一直到境內。境內就是神社建物所在地，是方形，四周，除了參道以外，圍著一條壕溝。聽說，戰爭一結束，日本人的主持已把神靈移走了。

日本戰敗以後，在報上看到有日本人自殺。不過，數目不多，多是軍人或高官。舊莊沒有人自殺，川口秀子也沒有。她曾經說過，日本不會降伏，她也不會。

「打倒日本人」。

在舊莊街上，在牆壁上，在電線桿上，在屋柱上，有人用寫的，有人寫好再貼上去，有人是用粉筆，有人用瓦片，有人用木炭或墨水，寫著「打倒日本人」五個大字。

「打倒台灣人」。

一天清晨，有人發現，在鶴田警察部長的宿舍的圍牆上，有人用木炭寫了五個大字。警察部長的宿舍很大，就在大馬路邊，是獨棟，四周有圍牆，屋後有公用網球場，網球場四周種著茄苳樹。大馬路就是縱貫道路。

這些字，一定是日本人寫的，會是哪一個日本人？會是鶴田部長本人嗎？

戰爭結束以後，日本人，不管是大官或小官，都躲起來，不可能是部長寫的。會是誰？部長有一個兒子，叫鶴田浩二。會是他寫的？他是一中的學生，和石世文同年。沒有那麼笨吧。誰會在自己的住所寫這種字？這不是很容易被查出來嗎？

林水順是中學三年級的學生，四年級和五年級的學生都提前畢業，去當兵了。三年級是最高的上級生，上級生可以管下級生，是日本中學校的傳統。林水順只是一個很喜歡管人的上級生。

林水順帶了幾個學生去鶴田部長的住所，一問，果然是他的兒子鶴田浩二寫的。石世文有見過鶴田浩二，是上學的時候，在巴士上。鶴田浩二，個子很矮，像他父親，比石世文矮半個頭，不過人很傲慢，罵過台灣人的學生。

鶴田部長，管全郡的警察，權力很大，人卻還和善。他兒子除了個子矮，其他不大像父親。

石世文去看過那幾個字，是用木炭寫的，寫得很大。其實，用水一沖就可以沖掉。

「他很笨。」

「他不是笨。他膽子大，也看不起台灣人。」

林水順說。

日本戰敗以後，日本人完全退出，最先出來維持秩序的是中學生，後來才有復員的軍人，地方士紳，以及一些從火燒島回來的流氓。

林水順發出通知，叫下級生集合。只算石世文的學校，一、二年級的學生，加起來也有二十多個。其他的學校，也有學生過來支援。

林水順命令鶴田部長帶他孩子出來謝罪，地點是在部落集會所。石世文也得到通知，上午十點去部落集會所。

日本時代的行政劃分，以前是保甲制，石世文居住的地方屬六保，後來改保為町，四、五、六保合併為榮和町，每一個町設一個部落集會所，是小型的公會堂，可以辦理一些社區活動，開會、展覽、表演或勞軍活動，像慰問袋的縫製、裝填和寄發。

集會所就在媽祖宮後殿旁邊，戰爭結束，民眾都出來行香，有人在準備殺豬公、演大戲。

集會所裡面，前面是一個低舞台，台灣學生站在舞台前，約三、四十人，兩側站著一般民眾，有的是來支援，有的是來看熱鬧。他們背後的玻璃窗，還貼著紙條，那是戰時防震用的，還沒有拆掉。

集會所中間的空地，是日本人，學生及家長，也有郡役所和街役場的官職員，包括鶴田部長以下的警察，還有一些老人、婦女和小孩。他們都正坐，也就是跪在地上，大部分的人都低著頭，總共也有三、四十個人。

他們都穿得很簡單，男人以長袖白襯衫為主，有的套上西裝，都是舊的，未結領帶，因為天氣熱，一直冒汗。女人都穿布衫，燈籠褲，還是戰時的模樣。

林水順開始講話。

現在，日本是敗戰國，台灣是戰勝國，敗戰國的人，怎麼可以對戰勝國的人無禮？謝罪！謝罪！

「謝罪！謝罪！」

其他也有人回應。

林水順說完，所有的日本人都用雙手撐地，低頭行禮。鶴田部長，更是以額頭觸地，久久不抬起來。他人很胖，行禮似有點困難。

「請原諒。」

「請原諒。」

其他的日本人也一起行禮。

「有沒有人要說什麼？」

林水順看著舞台前面的一排台灣學生，又看著站在兩側的民眾。

「大家要原諒他們？」

「馬鹿野郎！」

陳光堂跑到前面對鶴田浩二大叫一聲，抓住他的衣領，陳光堂是石世文的同班同學。

「不要打人。」

林水順喊了一聲。

「有一次，我排隊，這傢伙叫我排到後面去。」

「我也是。」

另外一個學生說。

「石君？」

林水順指名石世文。

「我沒有。」

「為什麼？」

「我從來不排隊。」

「那你怎麼坐車？」

「我都是最後一個上車。」

大家都笑了。

「馬鹿，還有嗎？」

大家沒有再出聲。

「要不要原諒他們？」

「……」

「陳君？」

「可以。」

「你呢？」

「可以。」

「馬鹿野郎！」

突然有一個人，從人群裡衝了出來。他的臉和手臂都曬成栗子色。石世文認得出來，他是林天來，是國民學校的同級生，不過他沒有升學，在家裡耕農。

「警察打我阿爸。」

「哪一個警察？」

「台灣警察，是白鼻的，不在裡面。」

「不在裡面，我們不能辦。」

「他是警察部長，是他的部下。」

戰時，根據密報，有警察去抓私宰，弄錯了一個竹圍，抓了他的父親，帶回郡役所詢問，還給他灌水。後來知道弄錯了，也沒有人道歉。

在戰時，米和豬肉受管制，雞鴨可以自由宰殺。農人養豬，一般都交給屠宰人。也有人私宰，分給親友，或賣到黑市。私宰是違規的。

「我道歉。」

警察部長轉正方面，對他行禮。

「可以原諒他了吧？」

「幹。我一定要把那個白鼻的找出來。」

「還有人說話嗎？」

日本老師自小教育台灣學生，有錯一定要認錯，認錯以後就要原諒。

「原諒他們。」

日本人站起來，有的年紀比較大的，動作較遲緩，需要別人攙扶。

在兩側的民眾也漸漸散了。石世文看到了川口秀子。她紅著眼眶，跟著民眾慢慢走出集會所。他知道她和鶴田浩二有認識，也看過他們在車上談話。

她為什麼哭？是因為日本人打輸了？還是因為日本人受辱？還是因為鶴田浩二一個人？

棋盤

戰爭結束，日本人先躲起來。

美國的軍人，坐了吉普車，在台北市的街道上駛來駛去。每個人都笑容滿面，有人大聲呼叫，也有人在街上閒蕩。

「西嘎列特。」

小孩向美軍喊著，美軍會給他們一根香菸，有人會給一包，或剩下的。也有人給他們口香糖，或巧克力。

台灣人被徵召去南洋的，也陸續回來了。他們身上穿著美軍發給他們的軍服，背後印著「PW」兩個字。

中國的船也來了，是帆船。他們載來人和貨物。貨物以南北貨為主，也有酒和香菸。香菸很多假貨，大都是仿冒美國的香菸，像駱駝牌，或幸運紅心牌。也有假的雙炮台。

再過了一些日子，日本人也出來了。他們在住宅區出售家具、日常用品、衣物和書籍，準備回日本。他們也賣陶瓷器，有磁盤和插花用器，有字畫，有漆器，也有各種人形。

有的在路邊鋪草蓆，有的鋪著布，把要出售的物品，擺上去。賣東西的人，有學生，有教員，有官吏和公務員，有家庭主婦，也有小孩陪著。他們衣著簡單，大部分都保持戰爭末期的簡單裝扮，男的也有穿舊西裝，不打領帶，女的穿便服，有的還穿著燈籠褲，結著頭巾。有人面帶笑容，大部分的人都沒有什麼表情。

書籍有套書，像世界文學全集、世界思想全集、世界風俗全集。最搶手的是三省堂的《簡明英和辭典》，是一般學生愛用的。有的讀商校的，去買算盤。上欄一顆，下欄四顆子算盤子比較細長的新式算盤。傳統的是上面二顆，下面五顆。也有人去買硯台。

川口秀子和一些改過姓名的人，已改回原來的姓名，叫呂秀好。

呂秀好的表姊夫，也是她舅父阿財伯的女婿，也是店裡的木匠，每次去台北日人住宅區，就買了棋盤，用腳踏車載回來，加起來也有七、八個了。

「買那麼多棋盤做什麼？」

表姊夫並不下棋，要下棋，一個就夠了。

「不，不下棋。這可以做上好的木屐。」

棋盤是用檜木做的，也有紅檜。檜木和紅檜都是台灣特產，日本人特別喜歡，把它當做國寶，是全世界最上級的木材。石世文聽說過，明治神宮的大鳥居，就是用台灣的檜木做的。台灣人做家具，多用肖楠、烏心石，也用次級的楠仔。台灣人較少用檜木。到了戰爭末期，多數日本船隻被美軍擊沉，已沒有船可以載運出去，砍伐下來的檜木，也流到台灣市場，也有人用檜木來做家具了。不過，使用的期間很短。

台灣多雨，台灣人習慣穿木屐。戰爭末期，物資缺乏，木材也不足，做木屐，用材質較差的木材，像冇頭仔。這種木材容易磨損，只有一般木材的二分之一的壽命。那時，也有人用廢輪胎做代用品，像拖鞋，穿起來好像腳底也快碰到地面。

阿財伯精於計算材料。一張大玻璃要如何分割，才能更多利用。木材也一樣。他要親自去木材店選原木，在木材店鋸開，分成枝骨、板堵等，再運回來使用。肖楠的鋸灰還可以運回來做「淨香」。

他對棋盤也一樣，一手拿著尺，把棋盤翻來轉去，從各角度測量，看看能否多做一雙，或一隻木屐。

「妳看，多美。」

表姊夫拿著做好的木屐，給呂秀好看。

用檜木做木屐的確很美，顏色美，木紋美，還有那自然漾出來的幽微的柴香。如果是紅檜，還有帶有紅色的木紋。

每一個棋盤都有兩盒棋子，黑的和白的。小孩子在玩棋子，棋子散滿地上，大人叫小孩收好，小孩子沒有收好，大人就拿了掃把掃起來，把它倒掉。至於棋子盒，也做得很精緻，有人拿去當菸灰缸，有人拿去裝針線，有的就留起來做鐵釘盒。

呂秀好指著棋盤的腳，問表姊夫。

棋盤的四個腳，也很精美。台灣人做家具，桌腳、椅腳都用車床，做起來方便省工。棋盤的腳是用手刻的。

「這個做什麼用？」

「沒有什麼用，只能做燒火柴。」

表姊夫說完，拿起斧頭，把木腳劈成小塊。木腳也是用檜木做成的。檜木有油分，也是很好的燒火柴。

在阿舅的木器店，做家具剩下的木屑、鉋花都拿去做燃料，容易燃燒，有些鄰居還會過來分一點回去，做生火之用。

「姊夫，平時也用檜木做木屐？」

「不可能，太貴了。只能用柴頭柴尾做一點。」

其實，家具店平時是不做木屐的，太零碎了。

木屐賣得很好，有一個人買了兩雙，說太漂亮了，捨不得穿，要留下來做紀念。

七、八個棋盤，一下就用光了，表姊夫又出去，這一次只找到兩個回來。

「棋盤越來越少了。」

表姊夫說。

「阿舅，可以給我一個棋盤嗎？」

「妳要棋盤做什麼？妳也下棋？」

在台灣，大部分的人下象棋，只有和日本人有接觸的人，像老師、公務員，才下圍棋。至於女孩子，象棋、圍棋，幾乎都不下。

「它很美，我想留一個。」

「我記得，妳父親以前也下圍棋。」

「嗯。」

她一想到父親，眼眶就紅了。

「那妳選一個吧。」

以前的棋盤都用掉了，只有剛買回來的兩個。呂秀好比較一下，看看盤面，看木材，看油漆，格子，也看看側面，看看木理，也看看腳，以及腳的刻工。她看得很仔細，不過，只能二選一。她用布慢慢地擦，一邊擦，一邊摸。以前，父親也這樣。有時，父親也會在棋盤上打譜，她好像還可以聽到落子的聲音。而後，她把它搬到半樓，把棋子也一起帶上去，用一塊布巾蓋住。

半樓，平時放了一些家具。阿舅的店，家具都是訂製的，在沒有運走之前，會暫時放在半樓。戰時，戰爭結束以後，物資少，婚嫁都從省，製品也少，半樓有較大的空間。實際上，一個棋盤所佔的位置也很有限。

過了十天左右，呂秀好看到店門口，又擺出幾雙檜木的木屐。她知道，以前所有的棋盤都用完了。她趕快上半樓，她的棋盤果然不見了，棋子都在地上。

「為什麼？」

她問表姊夫。

「有人說，那種木屐太美了，價格高一點，也一定要買一雙。」

「呃。」

呂秀好很想哭出來。

「無要緊，我會再去買一個回來給妳。」

不過，表姊夫並沒有再買到。他說，在古物商看到一個，價格很高，不能做木屐了。

中國童子軍

「世文。」

呂秀好坐在港坪頂上的石條上，穿著童子軍的制服。

石世文走過去，沒有說話。

「你剛才在擲石頭？」

「有。」

石世文，有時會在港坪上擲石頭。撿一塊大小適當，形狀好的小石頭，向淡水河的河心擲出去，看看能擲多遠。有時一個人，看看有沒有進步，有時也和同伴比誰擲得遠。

大水河的港坪分兩段，中間有一條小路。他也會在小路上用瓦片打水漂，小孩叫它「老鼠過橋」，有時會再下去，貼近水面。

「你已是中學生了，不要玩那種小孩玩的遊戲。」

上一次，他和同伴撿龍眼子玩，被她看到。那一次，她並沒有說什麼。

「你坐下來？」

呂秀好看著他，把身子移動一下。

「我，我站著。」

呂秀好的眼睛很大，眼珠很黑。他把視線移開，對著她的胸部。胸前有一條細長的小布條，繡著「中國童子軍」五個字。她的胸部有一條弧線，畫出起伏。那一天晚上，她突然拉他的手壓在她的胸部上，他完全弄不清是什麼感覺。

他把視線再移開，移向河心。河水平靜的流著。

「你們什麼時候註冊？」

「註冊？買冊？」

學制改了，以前，中學是五年，現在改成初中、高中各三年。以前是四月開學，現在改九月了。聽說，他們要多讀半年。

「你不知道註冊？就是去學校繳錢，辦手續，也買冊。」

「昨天。」

「國語，你們用什麼課本？開明？中華？」

「開明？中華？」

石世文轉頭看了呂秀好一眼。

「書局的名字。」

「呃。我們是老師自己編的。」

「自己編的？你們的老師。」

「吳老師。他在大龍峒開學堂，教漢文，很有名。」

在戰時，漢文的學堂都關閉了。

「你們不教國語？北京話？」

「沒有，只教漢文。」

「為什麼？」

「還沒有找到老師。」

「還沒有找到老師？怎麼會？」

「妳們學校是公立的，比較有名。」

「那你們老師教什麼？」

「烏飛兔走，烏出林，兔入穴。」

「走，國語怎麼講？」

「走……不知道。」

「走，國語叫做跑。」

「跑。日本語，也是走。」

「日本語也用漢字，學中國的，不過，有很多意思是不同。現在，最重要的是，國語怎麼說。」

「呃。」

石世文，看她的眼睛，很快移到胸部，看到「中國童子軍」又移開。

「你們什麼時候才開始學國語？」

「我不知道。」

「汽車國語是什麼？」

「汽車就是火車。」

「自動車呢？」

「……」

「叫汽車。駅呢？」

「火車頭。」

「哈，哈。不是火車頭，是火車站。機關車才是火車頭。」
「呃。」
「我們學日本語十三、十四年，也是一種損失。現在，要趕快學國語，趕快把損失掉的，補回來。」
「沒有那麼久了。七年，連幼稚園算在一起，也只有八年。」
「不用算，快學好最重要。」
「可是，我們很多功課，有的還用日本語教。像數學，像化學。酸素國語怎麼說？」
「酸素？酸素……對了叫做氧。你看，中國字多精妙。只要是氣體，都用氣。水素叫氫，窒素叫氮。」
「我問妳，我去學校，沿途很多日本宿舍，都寫張寓、陳寓、毛寓，每個人都叫寓，寓是不是一個很好的名字？」
「哈，哈……寓不是名字，寓就是寓所，就是住所，有地位的人的住所，叫做寓。」
「日本人都寫姓名，中國人為什麼只寫姓，不寫名？」
「這叫做文化。」
「文化？」
「日本人，有禮無體。把姓名都告訴人家了。」
「妳不喜歡日本的方式？」

「中國有五千年的歷史，日本只有兩千年。差三千年，差很多。」

「聽說，支那人很會法術。會飛簷走壁，會土遁，還有子彈打不進去。真的嗎？」

「噓。不能再叫支那人，叫中國人。我們也是中國人了。你知道，我們的祖先也是從中國來的。」

「據說中國，有四億五千萬的人口，比日本一億，多很多。」

「要說，四萬萬五千萬，不要說四億五千萬。一億一心，那是日本人的說法。不過，日本失去朝鮮和台灣，就沒有一億了。」

「四億五千萬，和四萬萬五千萬，有什麼差別？」

「數目是一樣。差異卻很大。四萬萬五千萬，感覺上，要比四億五千萬多。還有講起來，也響亮。你沒有這種感覺嗎？」

「我，我不知道。」

「你看，你已中學生了，還脫赤腳。」

「我回來才脫赤腳呀。」

「我看你晚上，還穿木屐。」

「不穿木屐，穿什麼？」

「穿鞋子。」

「穿鞋子，腳很臭。」

「要常常洗，就不會臭。」

「穿木屐，比較舒服。」

「除了語言，你也要學習生活。要了解文化。」

「聽說，中國人不喜歡洗澡。他們只洗腳嗎？」

「馬鹿。」

「妳也要穿長衫嗎？」

石世文在街上看了不少中國來的婦女，穿著藍色的長衫，有的皮膚白，很好看。

「不叫長衫，叫旗袍。以後，我也會穿。」

「呃。」

「在警察局那邊，有毛警官在教國語，你要去學嗎？」

郡役所已改成警察局。

「……」

「不去？」

有一次，石世文走近郡役所，看到裡面在學國語的，大部分是女的，年輕的女人。他也聽到她們在唱歌。

起來，不願做奴隸的人們……

……

呂秀好告訴他，唱歌是學習語言最好的方法。沒有錯，以前，有些日本語，是從唱軍歌學來的。

「我……」

「先學好語言，其他就簡單了。中國時代，要學中國話，趕快學好中國話，知道嗎？」

「我知道。」

石世文說，看看她的胸部，看到「中國童子軍」那幾個字。

穿耳洞

戰後，阿財伯的家具店已完全復工了。巷路又立著各種木材，有枝骨，也有板堵。那些木材是備用的，立在那裡讓它陰乾。

一向，阿財伯的家的巷路，也當做通路，住在後街的一些鄰居，穿過巷路走到前街。

石世文每次走過巷路，用手摸摸板堵，沾一點鋸灰，然後到從天窗照下來的陽光束下，吹一下，看那些鋸灰在天空中飛動。

呂秀好的房間，就在中落的後側，和後落隔著小深井相對。在舊鎮，大部分的住家，白天沒有電燈。阿財伯家也一樣。呂秀好的房間，完全靠從窗子進來的光線。

呂秀好的房間裡面，對著小深井，有一張小書桌。石世文看到她坐在桌前，身靠椅背。她的眼睛一直看著他。

「世文，進來。」

呂秀好穿著白色短袖襯衫，深藍色長裙，桌上除了幾本書以外，還放著一小瓶碘酒，一支鑷子和一小塊棉花。她轉了一下椅子，對著世文，雙腿略微張開。她的眼睛一直沒有離開他。

傷是在耳垂上。她說穿耳洞，感染了細菌。

「自己穿耳洞？」

「很簡單的事。」

已不止一次了，她自己穿耳洞。第一次，是她父母被炸死以後不久，在大水河邊，被美國飛機誤炸的炸彈嚇到以後。第二次是鶴田浩二在他家圍牆上寫「打倒台灣人」，被揪出公開道歉之後。

她的耳垂有腫起來，有點潰爛。她不知道刺耳洞的針要消毒嗎？最簡單的方式，就是用火燒一下。

李宗文曾經對石世文提過，有一次，他從阿財伯家的巷路經過，呂秀好叫住他，以為是石世文。

「什麼事？」

「對不起，我以為是世文。」

李宗文說，那時，她桌上放著碘酒，耳垂上還有一點點血跡。

「她是想找你幫她點藥的。」

李宗文說。

石世文並沒有看過她戴耳環。不過，很多女孩，都在小時候先穿好耳洞。

「她心裡痛苦，用針刺耳朵。有人還割手腕呢。」

李宗文又說。

「為什麼？」

「用痛苦減少痛苦。」

「她會自殺嗎？」

「割手腕，流血過多，會死掉。我看，她不會自殺。」

「為什麼？」

「也許，只想你幫她點藥。」

「如果有更大的痛苦，像日本戰敗？」

「我想不會吧。」

「為什麼？」

「已經過一些時間了。」

「真的會自殺？」

「世文，我問你，你喜歡她嗎？」

「……」

石世文臉漲紅了。

他記得，在國校六年級，剛重新編班，他那一班受驗班是男女同班，一個男生寫信給女生，是用日文寫的，「國容身體壯，雪子那麼溫柔」，被笑了整整一年。

「你不喜歡她嗎？」

「喜歡。」

「我看，她也喜歡你。」

「不，她看不起我。」

「怎麼說？」

「她說我壞巴，又叫我梅干次郎。她認為我是弱虫。」

「所以，你要強一點。」

「怎麼做？」

「比如拉她的手。」

「宗文，什麼是那斯比事件？」

「那斯比就是茄子。有個女校的學生，拿茄子當男人，被看到了。」

「刺傷耳朵，和那斯比事件有關？」

「我也不清楚，好像相似，又好像無關。」

「幫我點藥。」

呂秀好對石世文說。

他右手拿起鑷子，夾了棉花，伸進小瓶子。他的手有一點抖。他沾了一點碘酒，輕輕點她的傷口。新的傷口邊，還有舊的傷痕。

她閉著眼睛，靜靜地坐著。身體向後微仰，她的胸部動了一下。李宗文叫他拉她的手。要拉嗎？他沒有，他只覺得，不知把左手放在什麼地方。

「再點一點。」

她說，身體再向後。他用左手撐住書桌。他的手有點發抖。

「好了？」

「好了。」

「秀子。」

石世文一開口，臉又紅了。他感覺到她的視線。

「以後，你叫我秀好。」

「秀好……」

「世文，我初中畢業以後，就要搬走了。」

「為什麼？」

「阿妗不喜歡我，我也不喜歡她。她說我是假日本婆仔，真正日本婆仔，是不穿褲子的。你猜，我現在有沒有穿褲子？」

呂秀好輕抓了他的手。

「……」

她有穿褲子嗎？他看到她的膝蓋上面大腿的半截。

「妳，搬回台北？」

「不。我要留在舊鎮。學校，有人請我當代理教員。」

「妳不升學？」

他想看她，又把視線移開。

「我沒有錢。我們的房子被炸，不過還有土地。我叔父說，要出錢幫我蓋，樓下給他。我問阿舅，他說應該要樓下，自己不住，也可以租給人家。不過，我想起父母和弟弟都在那裡被炸死，我不想留下，就賣給叔父，現在物價漲得快，錢已越來越不值錢了。」

呂秀好說，眼眶紅了，淚水也流下來了。

「秀好。」

石世文靠近一步，想把手放在她的肩膀上。

「世文，你會升學吧。」

「我想考師範學校，將來，工作也有保障。」

「你不想考大學？」

「我連考師範學校都沒有把握。」

「那也好，你可以走了。」

呂秀好把他的手放開。

「嗯。」

「世文，我可怕嗎？」

呂秀好再伸手拉住他。

「沒有。沒有。」

「奧馬鹿桑，你可以走了。」

呂秀好把他的手輕輕甩開。

「暫時，我還會住在舊鎮。」

「我知道。」

石世文回答說，走出呂秀好的房間。

那天晚上，石世文第一次在睡夢中射精，他聽說過，有一種病叫洩精。聽說，精是用血液製造的。洩精多了，人會損傷，甚至死掉。

求雨

路的兩邊是水田。

藍天白日，天上沒有雲，太陽高高，直照射下來。

水田曬乾了，田地龜裂了，越裂越寬，也越裂越深，稻子整株枯萎了。

風吹過來，風是熱的。風帶來了灰塵，灰塵也是熱的。遠遠的看過去，空氣在搖動，土在蒸發。

樹木，無精打采地立著，有的樹葉已枯黃、掉落。草也乾了，勉強趴在地上。蟲也死了。吃草、吃樹的蟲死了，吃蟲的鳥，吱吱叫著，聲音越來越低。

牛站在水溝邊。水溝邊的草，還有一點綠色。牛把青草和乾草一起吃了。而後，伸長脖子，靜靜站著。牛的胃裡，食物減少了，嘴微微張開，咬動也少了。看來，口水也快乾了，眼睛是無神的。

小水溝裡的水也差不多乾了，水溝裡已看不到魚了。一隻白鷺鷥在那裡，長長的腳，一步一步，走來走去，脖子前後伸縮，很少有啄食的動作。另外幾隻就乾脆站在那裡，一動不動。

圳溝裡還有一點水，不過已發臭了。有些死魚，已變色了，從死的顏色，變成腐爛的顏色。一片臭氣，不斷衝進鼻孔。

狗也伸出舌頭，越伸越長，好像快要縮不回去了。

貓用舌頭舔著腳，用腳摸著臉。阿媽說，貓是因為前世浪費水的人，轉世為貓，罰牠只能用口水洗臉。

天晴一久，水量減少，農人開始爭水。水是農人的生命。他們先爭水源，從大水圳先爭，再爭到小水溝。上流的人，守著水閘，護水。下流的人，要去打開水閘，搶水。先是爭論，變吵架，而後大打出手。有人用鋤頭做武器，也有人拿出岸刀砍人，流血是難免的，甚至有些地方，還鬧出人命。

現在，大家都沒有水了，也沒有什麼好爭的了。沒有爭，待在家裡，也不知道要做什麼。有時，待得太久了，就走到門口，到稻埕，或後壁溝，看著天，從近的天，看到遠遠的天，看看有沒有一點雲。有時候，雲是有的，不過太稀薄，是不大可能變成雨。

農地沒有水，山丘上的草木卻起火燃燒起來了。有人說是失火，這麼乾燥的天氣，一點點火，像菸蒂，都有可能變成火災。也有人相信，太陽那麼大，草木自己燒起來。

墓地也起火燃燒起來了。火燒得很快，越燒越廣，有人上去打火，卻沒有水。有些墓碑，被火燒焦、燒黑。

一般人也開始擔憂，沒有水，發生火災怎麼辦？不說火災，現在連喝的水都成問題了。

白天，幾乎沒有水。

取水是要排隊的。白天沒有水，晚上十二點以後，家裡才會有一點水，要到外面公用的水龍頭排隊。

日本時代叫水道，現在叫自來水。自來水，並不自己來。

有些從大陸來的外省人，看台灣的水道，不叫自來水，買了水龍頭，在牆上挖一個洞，插進去，水不來，就去和五金行理論，有的還罵人，也想打人。

有人說，沒有水，是因為很多外省人買了水龍頭，插進牆壁。他們還帶了法師來。大陸來的法師，很厲害，不但可以飛簷走壁，也可以把活人化成血水。他們把水抽光了。

在三山國王廟前庭，本來有一口公用的大型水井，那些水可以食用，也可以洗衣服，每天上午，都有附近的婦女聚在一起，一邊洗衣，一邊聊天。

有一天，有一個小男孩掉下去，淹死了。鎮公所就派人把它填掉了。

有人說，日本時代，那麼久，都不曾有人掉下去。為什麼呢？有人說，是小孩調皮，怎麼能怪公所呢？

有人說，日本時代，小孩怕警察，只要說警察來了，小孩就乖乖聽話了。

有人說，把水井的牆做高不就好了，為什麼要填掉。

鎮公所把水井填掉之後，裝了一個口徑比較大的水龍頭，讓附近的居民使用。不過，這個水龍頭是要用鑰匙開的。

已三十多天沒有下雨了，連活到七十歲的阿公都說沒有碰過。

是天災？還是人禍？

有人說，這是天災。

有人說，日本時代怎麼沒有？

有人說，外省的官員，把修理水圳和水道的錢吃掉了。他們穿上了中山裝來。中山裝有很多口袋，大口袋，可以裝很多東西。這種口袋叫中山裝，是新名詞。歪哥也是新名詞，貪官污吏也是新名詞。

沒有下雨是事實，沒有水也是事實。認為這是天災的人，還是多數。

在家裡，到晚上才有水，一滴一滴地滴著，整個晚上，也只能滴到半桶水。

大部分的人，都要去三山國王廟前的水龍頭排隊取水，那邊的水龍頭，口徑較大，高度也低很多。

人在排隊，有人還用水桶排，有人還用椅子排，用磚塊排，用石頭排。這都不能算，有人把這一些都推到線外。有人排隊，就有人插隊，當然不行，有人拖了力阿卡車來，也不行。有人在相罵，也有人打架了。一個人，只能拿一個水桶，可以提得動的水桶。很快的，變成一種約定了。

天還沒有完全亮，水沒有了，廟前的水龍頭也只是一滴一滴的滴著，像在家裡一樣。

有的人，從深夜排到天亮，還是沒有排到。

怎麼辦？

求雨，非求雨不可。

有人喊出來了。

「要在天上鑽洞，鑽很多洞，像如露那樣。」

肖定也出來講話了。如露是日語，是灑水壺。

那個「桃花的」，鎮民都這樣稱他。他喜歡讀書，還讀過高等科。平時，他躲在家裡看書，看什麼書，沒有人理會，也沒有人知道。到了桃花開花的時候，他就會到街上，邊走邊喊，說些似非似是，人家聽不懂的話。他喜歡戴著竹笠。戰後不久，他的竹笠上面寫著「蔣總統萬歲」。他的毛筆字不比吳秀才差。

現在，他換了一頂笠子，上面寫著「玉皇大帝千秋」。

「有個女人把天補好了，水漏不下來了。」

民眾在大眾廟的廟庭搭了祭壇，上面放著香案，擺著大眾爺和五穀大帝的神像，前面放著香爐、燭台、花瓶、水果、麵龜等供品，也有旗、劍、鏡等法器。

道士站在壇前，手執法鈴，唸了一些咒語，就搖搖法鈴。

肖定坐在大眾廟的門階上，戴著那頂上面寫著「玉皇大帝千秋」的竹笠，口裡不停唸著。

白色的球
白色的日頭，在天頂
照落來白色的光
四條八條
在青色的天頂
白色的火球
青色的天頂
無雲，無雲
無雲，就無雨
白色的火球
照落來白色的光
燒著田園
燒著稻穀
田園發火了
稻穀燒起來了
紅色的火

紅色的地
火爐的火
燒著番薯
燒臭乾了
發出臭乾味了
變成火炭
哎，紅色的火爐
紅色的火炭
紅色的烘爐
紅色的土
土燒起來了
土燒起來了
沒有雨
沒有水
雨快落來
雨快落來，快落來……

在祭壇周圍，已聚集了不少民眾，以農民為主。他們沐浴更衣，也已齋戒三天了，還要齋戒下去，聽說要到下雨為止。

主祭官是鎮長，鎮長已經來了。

「走開。」

公所的職員過去趕肖定。肖定不加理會，繼續唸著。

「你是臭耳聾？」

「我無臭耳聾，我心內清楚。」

「鎮長，快來祭拜。」

鎮長穿著長衫馬褂，還戴著碗帽，走到祭壇前面。有人請他脫下碗帽，剪的是海卡拉頭。

求雨的隊伍，都站到鎮長後面排列。穿著法衣的道士開始搖鈴、揮旗、舞劍，口中不停唸著咒語。

「雷神、風神、龜神、水神聽令……」

民眾，有人穿簑衣，都沒有戴笠子。沒有戴笠子，是要用頭接雨，穿簑衣表示祈求快下雨，大家已經準備好要接雨了。

白色的日頭，在天頂

照落來白色的光
四條八條
在青色的天頂
……

肖定又開始唸了，頭上戴著「玉皇大帝千秋」的竹笠。
「把笠子脫下來。」
有人過去，對他說。
他不理會，那人就把笠子拆下來了。
道士在前，鎮長隨著，後面跟著官員以及民眾，排隊走向門邊。有人拿著魚網，捧動著，做出撒網的樣子。
「世文，你相信求雨有效嗎？」
呂秀好問。
「大家都要水。」
「等久了，雨自然會下來。」
肖定跟在眾人後面，又把「玉皇大帝千秋」的竹笠戴上。

呂秀好結婚了

禮拜六的下午，大部分的學生都已下課，辦公室裡，只剩下幾位老師和事務員。學校的中庭，日本時代是網球場，現在已改為籃球場了，有人在投籃，也有人在旁邊托排球。

石世文在走廊畫看板，就是電影的大型看板。那是洪老師請他幫忙的。洪老師，現在已是這個國校的校長了。

在日本時代，有一位資格比洪老師深的王老師，在日本人的校長和教頭之下，如兩人都缺席，由他代理校長的王老師，已調到以前的分教場，也就是分校，現在已獨立成另外一個國校的校長了。聽說，這是政治運作的一部分。

洪老師喜歡畫畫，戰後用他弟弟的名義開了一家招牌店，幫人畫招牌、電影看板，有時也畫肖像。

洪老師也收了兩個徒弟，都是國校剛畢業，沒有再升學的學生。這些學徒，只提供餐食，並沒有工資。石世文也沒有工資，不過洪老師給他一點零用錢。

石世文是師範學校三年級的學生。他讀的是普通科，不是美術科。為什麼？他考師範時，沒有一個人告訴他應該讀哪一科。他只知道，讀師範，將來可以當老師。這是他以前完全沒有想到的。

還在日本時代，學生喜歡將教員說成臭丸。因為音接近。臭丸就是樟腦丸，日本人叫它腦達零，也可以讀成腦不足。這種稱呼，多少有不尊重的涵義。

在初中的那一階段，戰爭剛結束，學校的教學也沒有上軌道，老師經常調換，有時，舊的老師走了，新的老師還沒來，學生就自修。在初中三年半期間，他沒有上過一堂美術課，在學校也沒有畫過一張畫。不過，他自己也畫了一些畫，以風景的寫生為主。

那時，在初中的時候，洪老師就請他幫忙過。

在國校六年級的時候，石世文讀受驗組，洪老師是級任。有一次圖畫課，洪老師叫大家出去寫生，下課鐘響了，大家都回到教室，洪老師看看畫，叫大家再出去畫。現在，上課鐘響了，大家繼續畫，說是老師說的。結果，洪老師叫人把大家叫回來，叫每一個人拿出畫來，第一個，只畫了一張樹葉，洪老師用竹枝敲一下他的頭。以後，看一張敲一個，洪老師看著他的畫，點一下頭。男生，只有他沒有被敲。

在學校，洪老師是以打人出名的。日本老師也有很凶的，洪老師比他們的大部分更凶。每一年，舉行畢業典禮之後，他會挑一個他看不順眼的畢業生來痛打一番。

洪老師挑的，都是比較出鋒頭的。洪老師好像要他們不要忘記他，不要忘記學校。他只打一個人，卻好像在警告所有的學生。

畢業典禮剛結束，石世文剛走出大禮堂，洪老師就叫住他。他看到洪老師的臉，完全沒有表情。洪老師每次打人，就是那種表情，洪老師要打他嗎？為什麼是他呢？可是洪老師一直看著他，沒有動手。

他還記得，一個多月之前，洪老師帶隊出去遠足，叫他坐在身邊，給他看弁當，是白飯加梅子的日の丸弁當，剔了將近半顆的梅干給他。

「過來。」

就在那時，王成章走過來看究竟，被洪老師叫住了。

洪老師開始打王成章，用兩個手掌，左右開弓，打了王成章的雙頰，都紅腫了，像麵龜，王成章不敢叫，眼淚一直滴下來。

「知道嗎？」

洪老師問王成章。

「知道了。」

「知道什麼？」

「謝謝老師。」

王成章好像不知道。以前，被打過的，好像沒有一個人知道理由。

被打是很沒有面子的事。很多同學都遠遠的看著。有些老師經過，都匆匆的走過去。別的老師打人，就是打本班的同學，洪老師也是這樣的。

那天傍晚，王成章的母親帶王成章來石世文家，說是石世文害他被打。

「你在跟老師說話。」

「沒有呀，我以為老師要打我，很害怕。」

從此以後，王成章在街上碰到他，也不再理他。

日本時代，老師可以打人。戰後，聽說一兩年，洪老師還是會打人的。後來，他做了校長，就不再打人了。

戰後，舊莊改為舊鎮，鎮上也在日本人的小學校設了初中。課外，他去初中打球較多。他不去國校，其中一個原因，就是怕碰到洪老師。有時，球伴相約，他也會在五點多，大部分老師下班以後。

有一次，很晚了，已六點半了，洪老師，現在已是洪校長，到球場找他，要他去幫忙畫看板。洪老師滿面笑容，不過，石世文感覺得出眉宇間有一種嚴厲的氣息。

他國校畢業那天，洪老師為什麼叫他，現在想起來，會不會已經想到將來要他幫忙的事？

那是不可能的。那時，還在戰爭，沒有一個人知道將來。也許，洪老師已看出來，他會畫畫，洪老師本人也喜歡畫畫，想給他一些鼓勵的話。也許，他本來想打他，突然看到另外一個更想打的人。

他去幫洪校長畫看板，都是在禮拜六下午。有時是禮拜天。因為他讀師範，是住校生，禮拜六下午才回家。

他畫的，是比較難的部分，就是畫輪廓的部分。如果有時間，他也會塗顏料，不然就叫兩個學徒去塗。

石世文在作畫的時候，也會有學生或老師去旁觀。人並不多，不過總是有一兩個。

除了看板以外，洪校長也會替人畫肖像，大多是喪事用的遺像，是看著相片畫的。有些相片已發黃，有的有皺紋，甚至已破損。肖像的部分，較多是石世文畫的。

篤、篤、篤。

石世文聽到走廊上有腳步聲。他知道那是呂秀好。呂秀好已來看過他幾次了。她喜歡穿中高度鞋跟的皮鞋。在靜謐的下午，皮鞋的聲音格外響亮。

「你畫得比校長好。」

呂秀好已說過幾次了。現在，她是純粹的事務員。因為她只有初中畢業，不能做代課教員了。她常常說，她的國語比那些老教員好多了，卻因為學歷的關係，無法教書。

「你不用畫得那麼像。」

呂秀好說。

洪校長也說過同樣的話。畫肖像是按件計酬的。客人的要求並不那麼高。大部分是看著相片畫的遺像，比照相館用比例尺描繪出來的，要好多了。

洪校長為什麼說這種話呢？

也許，洪老師真的怕他畫得比他好。洪老師知道他要考師範，並沒有叫他去考美術科。洪老師本人也是師範普通科畢業的。

「真的，你畫得比校長好，好多了。畢業以後，你也可以開一家看板店。」

「不行，不行。」

「為什麼？」

「我喜歡教書，單純的教書。」

「畫畫和教書，並不衝突。」

石世文知道，呂秀好也很想當老師。但是，她沒有再升學。主要是因為她父母雙亡，她舅父阿財伯，也不鼓勵她升學。

實際上，她的程度很高，尤其是語言方面。雖然，他多讀了兩年多的書，在古文，甚至現代文，都還不及她。

「可是……」

石世文想，要畫畫，並不是畫電影看板，或遺像。但是，他不知道如何表達。

「想做的，就要做，不要畏畏縮縮。」

呂秀好一直站在旁邊，看他畫好。

「你跟我回去。」

「什麼？」

「你跟我回去。」

「回去那裡？」

「我住的地方。」

「做什麼？」

「我有話跟你說。」

呂秀好搬出她阿舅的家，在學校附近，在圳溝邊，租了一間房間，一個人住在那裡。那是有六張榻榻米大的日式房間。

「你坐下來。」

她自己也坐在榻榻米上，兩個人相對著。

「你幫我穿耳洞。」

呂秀好拿給他一支針。不，那不是針，不是縫衣服的針，而是鑽洞用的小鑽子。以前，呂秀好曾經叫他幫她抹藥。

石世文拿著小鑽子，手在微微發抖。

她的眼睛一直盯著他。她的眼睛睜得很大，有點像懇求，也有一些像催促，也有一點像輕蔑，也有一點像譴責。

「你把手放在我的肩膀上。」

石世文照她的話做。

「抓穩。」

石世文照做。

「不要靜靜的擱著，揉一下。」

石世文不敢用力。

「還發抖？」

「一點點。」

「你看著我的耳朵。」

她的耳朵上還有傷痕。

「穿哪裡？」

「找個舊洞穿過去就行了。」

「可是，舊洞已填滿了。」

「穿個新洞也可以。」

「要消毒嗎？」

「好。」

石世文點了火柴，把鑽子燒了一下，對著耳垂鑽了一下。

「哎。」

呂秀好輕叫一聲。

「很痛嗎？」

「是肉呀，當然會痛。穿過去。」

「流血了。」

「流血了？」

「我來幫妳點藥。」

「它自己會止的。你知道，血有自己凝固的能力。它自己會止的。」

「已六點半了，沒有其他的事……」

「你畫過人體嗎？」

「很少。」

「我把衣服脫掉，你畫我嗎？」

「我，我沒有畫過。」

「你可以畫我。」

「不行，不行。」

「為什麼？」

「沒有其他的事……」

「世文，你還記得那個晚上？」

「哪個晚上？」

「美國飛機在沙灘上丟砲彈那個晚上。」

「記得。」

「你都沒有說出去？」

「沒有。」

「不敢說？」

「沒有說。」

「妳叫我不要說。」

「你長毛了？」

「什麼？」

「你還記得那個美國兵？從飛機掉下來的那個？」

「記得。」

「你有沒有看到他下面？」

「……」

「沒有長毛對不對？」

「沒有。」

「沒有長毛，也可以打仗呀，也可以戰死呀。」

「我真的應該回去了。」

「好吧。」

回去的路上，石世文一直想著一件事。

有人說，呂秀好和福建來的毛警官發生過關係。

有人說，呂秀好和他同居過。

有人說，呂秀好本來要和他結婚，因為他在福建還有妻子，只是一個人來台灣。

戰爭結束不久，有很多人自大陸來，毛警官是最早來的一批。他很熱心，在警察局教國語。很多人去學，包括警察局的職員，也有街上的人。呂秀好也去，也曾經邀石世文去。

起來，不願做奴隸的人們
把我們的血肉築成新的長城
……

以前的郡役所，已變成警察局，就在石世文家對面，每天晚上都可以聽到嘹亮的歌聲。唱歌是最好的學習方法。

那時，很多人不知道這是共產黨的歌。那時，國民黨和共產黨還沒有真正的打起來。

後來，毛警官不見了。有人說是回大陸了。有人說，被國民黨抓起來槍斃了。反正，他就是不見了。那時候，很多人，就這樣不見了。

聽說，呂秀好到處打聽，到處找人。

有人說，呂秀好懷孕了，也有人說她快發瘋了。

再過半個月，呂秀好訂婚了，對象是在國民學校教書的管老師。管老師大她十四歲。有人說不止，因為大陸的戶政很亂，有些人，為了逃兵役，或為了就業，亂報戶口。

石世文曾經和管老師一起打過籃球。他人很老實，不過每次打球，很快就累了。

管老師有一個特點，就是講一口標準北京話，尤其是捲舌頭的音，轉得那麼自然，那麼圓滑，那麼優美，那麼悅耳，聽起來，像風鈴在響。

「管老師結婚過了？在大陸是否有妻子？」

她的舅父阿財伯是反對的，一是外省人，年齡相差太大，而且很多外省人，在大陸有妻子。

「誰管他。他說沒有，就沒有。」

呂秀好和管老師結婚了。

告貸

世文，我不知道怎麼開口，你可以借給我一點錢？

兩千，三千，可以嗎？

我知道你已結婚了。

你太太，小時候叫阿子，就是林里美，對不對？

她娘家就在你隔壁。我阿舅也在你家另一邊的隔壁。我和你認識較早，那時候，她還是一個很小的女孩。

應該這樣說，我是從台北疏開到舊鎮，她是在舊鎮出生的，在疏開到舊鎮之前，我就來過舊鎮看阿舅他們，就看過你，也看過她。我很早就知道她。

我離開阿舅家之後，在街上，在車內，都有碰過她。

她在銀行上班，對不對，銀行是金飯碗。

她人很不錯。我們不熟，不過碰到的時候，她會微微一大笑，像是打招呼。我不喜歡她們一家人。她很特別，是例外。我想，你選對了人。

你們有小孩了，對不對？我看過，好像有兩個，或者三個，都很可愛。

銀行員都很會計算。聽說，她算盤打得很好，是一級，還是一段。

你的薪水要交給她嗎？也許，我說得太直接了。

呃，她管帳。她不管錢？管帳不就管錢？每一個錢都在帳裡面。是不是這樣？

呃，你有一點錢，她留給你的，就是私房錢吧？一般，私房錢都是女人的，男人也可以有私房錢了。

對不起，我沒有別的意思。

呃，你還在畫畫。那一點錢是留給你買顏料、買畫布、買畫具用的。買那一些東西，要很多錢嗎？會有剩餘嗎？

你現在已不幫洪校長畫看板了？就少一點額外的收入了？

我知道，你很會畫。你太太了解你的畫？

能了解最好，不能了解也沒有關係。藝術不是那麼容易了解的，也不是每一個藝術家都需要別人了解的，對不對？

你的畫，有沒有賣錢？我知道那不是容易的事。

你有一部分錢，可以自己支配的，對不對？

這樣子，你可以借給我一點錢？兩千元好不好？

你可以支配的錢，有那麼多嗎？

這樣好了，你可以借給我五千元？

我實在太貪心了。如果不會影響你們的家庭生活，不會影響你們夫妻的感情的話，或者，如果不影響你的畫畫，我真希望你能借給我五千元。

好嗎？

我會還你。不是明天，不是下個月，有一天，我一定會還你。

我一定會還你的。

都是賭博害我的。我輸太多了，我想贏回來，我又輸了。輸得更多。有時，我也會想戒掉。

有時，我也感覺他們詐賭。每次，我賭小錢，都贏。賭大，就輸。賭和酒是戒不了的。有人把手指剁掉，包紮起來，再去賭。

你看我的手指。又白又嫩。我是不會剁手指的。以前我穿耳洞，你曾經幫我點藥。後來，又幫我穿洞。你看，現在還有痕跡。

我有一個契母，就是公醫娘，你知道她吧。是她教我賭。其實，賭是不用教的。還是天生的。人是天生會賭，會入迷。我是沉淪下去了。

你還記得吧，我的父母和一個弟弟，一顆炸彈，把他們全都炸死了。我阿妗，還有在台北的阿嬸，都不疼我。我想找一個可以疼我的人，把她當做親人。

契母人很好，很單純。先生娘，有錢，卻沒有事做。她的確疼我，我不怪她。

我先生，大家都叫他管老師，你認識的。我自己，有時也稱他管老師，我是尊敬他的。

他喜歡說自己是讀書人，也喜歡人家看他是讀書人。他還強迫學生讀經、讀古詩。他對我們自己的小孩，也這樣要求。不但要讀，還要背。這一點，我是從他學習很多的。當初，這也是他迷住了我的原因之一。

他說在中國，讀書人和做官是連在一起的。不做官，什麼都不是。你有一個海洋那麼多的學問，不做官，有什麼用？

不過，他就是不做官。他喜歡當老師。

他最喜歡寫字。寫各種體的字。偶爾，也會有人來求字。他不收錢，一個錢也不收。

有人勸他開書法展，他不肯。我不了解，他是謙虛，還是沒有自信。因為我對書法完全不了解。

他也寫春聯，送給親友和鄰居。也是只送不賣。學校裡，有另外一位老師，每年都要寫春聯，拿到市場去賣，還賣得不錯。我告訴他，他只說一句，妳不懂。

他寫春聯，句子都用別人的。有時候，他也想用自己的句子，都不滿意。

他也喜歡做燈謎，每年上元節，他會做幾題，拿去廟口鬥鬧熱。他不會台語，不准學生說台語，我在家裡說台語，他就大聲說聽不懂。很奇怪，他卻會做台語的謎題。

這些，都是他的優點。開始認識他，我還認為他是天才。很多方面，他的確很有才氣。

有一次，有一個朋友從香港帶回一個硯台，說是大陸的產品，很精緻，要賣給他，還加送一塊墨。

他的朋友說出價碼。那麼貴，我在旁邊插了一句。妳出去，他說。朋友走了之後，他對我說，以後，有關筆墨書法的事，不准妳說話，妳連替我磨墨的資格都沒有。

這是一個轉折點。

另一方面，從外表看，他一點也不特別。那麼瘦，又那麼黑。老實說，我認識他的時候，他就差不多這樣。我慢慢的發現，他的品味並不那麼高。和他在一起，你會聞到一些味道。汗臭味、尿騷味。你會覺得，我缺口德。真的，我真的聞到那種味道。

我們年齡相差太大了。說坦白一點，他是無法滿足我，你聽說過吧，我像趁食查某，輸了錢，就拿身體去還賭債。太不像話了，你是看不起我嗎？

我先生知道，非常生氣，拿了刀子要殺我。我並不怕死。後來，他只打了我一個嘴巴。他打得很重，我倒在床上，眼睛冒著金星，耳朵也嗚響不停。我完全沒有抵抗。

我心裡想，他如有勇氣，為什麼不去殺那個人。不要只會打女人。

等他平靜下來，我向他道歉。我說，如果他強一點，我會乖得像一隻母羊。甚至，我也可以當一隻小白兔。

他哭了。

我說，我們離婚。他不肯。他繼續在學校上課，不過較少到鎮上走動。他總是低著頭走路。學生好像也不像從前那麼怕他了。

我們約定，他的薪水用來養家。我不會花他的錢。既然不離婚，我還是他的妻子。妻子有妻子的義務。我聽說過一種算法，以年齡乘九。三九、二十七，三十歲的人，二十天做七次。四九、三十六，四十歲的人，三十天做六次，五九、四十五……我希望他能做到自己的本分，他做不到。不過，我還是尊敬他，我答應他，和他行房前兩天，我不會跟任何人做，有點像求雨，要先齋戒幾天。

我是一個壞女人，一個爛女人，對不對？

你還是會借錢給我吧。借我五千元，好不好？

真的，我會還給你。我會設法還給你。

世文，你還記得戰時，美國飛機在沙灘上丟炸彈那一件事？

在防空壕裡面，只有我們兩個人。我拉你的手，壓住我的胸部，外表上，這是加強發誓的方式。你好像沒有什麼感覺。那會是真的？我自己也不了解，為什麼突然有那種動作。如果你當時有點動作，用手捏一下。當你的手碰到我的胸部，我的心臟跳得很厲害。可是，你什麼都沒有做，我有一種被拒絕的感覺。我反過來怪你，認為你實在太膽小了。你是弱虫，我這樣想。

那時，我剛好失去了所有的家人，戰爭又對日本不利。我望著台北的方向，想著家人，忽然一陣爆炸聲，那麼近，還有火光，那陣強風。我嚇壞了。好像炸彈就炸到了我。你知道，我對炸彈有多害怕？

我抱住你，連小便都洩出來了。多麼丟臉。我需要有人幫助我。我知道，你有在關心我，你注意我，你怕我自殺。我覺得出來，當時只有你有這一種感覺，你知道嗎？我不止一次想自殺。只有你有感覺。

我們是同年，女孩子比較早熟。我的膽子也大一點。實際上，那時候，我害怕更多。你怕我嗎？我也一直有這一種感覺。你好像也被我的行動嚇住了。

那時，你只要有動作，捏一下我的乳房，你就是我的第一個男人，我們的關係或許會不同。可是你沒有。我以為是你不敢。這樣一個男孩子，在我看來，是弱虫。當時是戰時，那麼多人，連生命都可以不要了，勇敢才是最重要的美德。而你呢？

我知道，我們兩人的想法和做法是有差異的。

現在，你已結婚，也有孩子了。你們的婚姻很不錯吧。

我知道，你會看不起我。

如果，你覺得當時錯過，現在想補回來，我的胸部在這裡，乳房也在這裡。雖然有別人碰過它，你卻是第一個。它比以前更成熟，也許過度成熟，像快要爛掉的水果。

沒有。它沒有爛掉。

我說過，我和丈夫行房之前，我要做一些類似齋戒的儀式。我來找你之前，已把全身洗乾淨，像要上廟進香。有人說，日本人有禮無體，中國人有體無禮，我是有體有禮。

你還要它嗎？你不想再摸它一下？你連摸都不想摸？

你已結婚，沒有道理怕女人。也許是你的本性，也許你真的不想。也許，你看不起我，你認為就是要，也不要我這種女人。對不對？

我說話說太多了。

你可以借我五千元嗎？

我借錢，我會還。不管你對我做什麼事，我都會還。我一定會還。

對不起，我哭了。

你看不起我，我也不會有怨言。

真的，我一定會還，我一定會還。

DIY

石世文走進臥房，房間裡，只開著小几上的小燈。林里美已躺在床上，側臥，身體微曲，臉部朝向床的外側。

石世文輕輕拉起棉被，整個人塞了進去。

天氣很冷，里美身體動了一下，縮緊一點。

石世文把手擱在她的肩膀上，輕捏一下。她沒有動。

「睡著了？」

「……」

他知道她沒有睡。今天，她下班回來之後，就一直很少說話。

他的手，移到她的胸部，從睡衣上輕捏著。她的身體轉動一下，好像要避開。

他的手移到她的頸部，從衣領間伸進去。

「冷。」

「怎麼了？」

「累。」

她今天回來較早，應該沒有加班。

石世文將手放在她的肩膀，把她的身體輕輕扳過來。她閉著眼睛，眼眶是濕的。

「里美，怎麼了？」

林里美睜開眼睛看他，還是沒有說話。

「銀行裡發生了什麼事？」

有時，銀行裡也會有一些不愉快的事，有時她會告訴他，像調職或升遷，有人嫉妒她，說她只會奉承上司，就升得快。

有時，上司家裡有不愉快的事，或受上級機關的官員的氣，也會向她發洩。

「里美，有什麼事？不能告訴我嗎？」

他吻她。她也伸出舌頭回應他。

「里美，告訴我。」

「呂秀好去銀行找我。」

「呂秀好？她去銀行找妳？」

「對。」

「找妳做什麼？」

「借錢。」

「她向妳借錢？你們那麼熟？」

「不熟。以前是鄰居，你知道。她年紀大一點，我們沒有一起過。她年紀和你差不多，對不對？」

「妳有借錢給她？」

「兩千元。她開口要借五千元。我說只能借給她兩千元，這已超過我一個月的薪水了。」

「借給她就好了。」

「我不甘心。我很辛苦工作，她卻輕鬆花錢。」

「那為什麼還借給她？」

「我看她很急，好像要求救，我不知道怎麼拒絕。」

「借給她就好了。」

「你有借給她？」

「有。」

「多少？」

「五千元。」

「什麼？五千元？」

「嗯。」

「她開口五千元，你就借給她五千元？」

「嗯。」

「你好大方。什麼時候的事？」

「大概有一年了。」

「你都沒有說。你瞞了我。」

「我不知道怎麼說。我怕引起不愉快。」

「我會不愉快，一定會。不過，我也借給她了。你如告訴我，這一次，我就有理由不借給她了。我就是不了解，你為什麼借那麼多的錢給她。」

「我想到她的阿舅阿財伯，他是很好的人。我也想到她的阿妗。她是被她阿妗逼出門的。很可憐……」

「聽說，借錢給她，可以和她睡覺。你有嗎？」

「有什麼？」

「和她睡覺。」

「我沒有。」

「你有想嗎？她的皮膚又白，又豐滿，你有想嗎？」

「我沒有。」

「我有印象，以前，你和她很要好。」

「以前，我和她是鄰居。我和妳也是鄰居呀。」

「小時候，我看過你們在一起，經常在一起。」

「在什麼地方？」

「公會堂。」

「戰時，我們兩家，是共用一個防空壕，有時會在一起，像逃空襲。」

「沒有其他的？」

「沒有。」

「真的？」

「真的。」

「你的機會很不錯，為什麼沒有進一步的交往？」

「想法不同。」

「怎麼不同？」

「她追求高品位。」

「高品位？她追求高品位？什麼是高品位？」

「譬如，在日本時代，她要講日本話，好的日本話，高雅的日本話，講得像高雅的日本人。在中國時代，他要講好的中國話，講標準的北京話，還要加入一些古文，古詩句。

她學得很快。」

「那你呢？」

「我跟不上她。」

「我呢？」

「妳很會打算盤，我也跟不上妳。」

「你不要轉來轉去。」

「妳比我好。」

「我幾乎不懂日語。我講話，也不引經據典。」

「妳很實在。」

「她那麼愛高品位，為什麼會變成這樣？一點品位都沒有了。可以說，墮落到這種地步了。」

石世文有聽說過，呂秀好也曾經向他表示過，她的婚姻生活並不美滿。年齡相差太大，生活習慣也不同。他吃狗肉，她絕不碰。他們二人很多想法不同。她的丈夫主張，女人就要乖乖待在家裡。她說，她也要上班呀。他說，他可以養她。

石世文見過她先生，還一起打過球，人瘦瘦的、黑黑乾乾的，還有一點駝背。以前就有駝背，越來越明顯。

他的外貌雖然很平凡，卻很有內容。他寫得一手好字。很多外省人都很會寫字，聽說他造詣很深，已成為一家。這一點，石世文不懂。他感覺，寫字和畫畫，是有不同的。不過他很喜歡聽他說話，聲音好，像唱歌，咬字清楚，舌頭轉得很滑溜。呂秀好也表示過同樣的看法。

呂秀好開始打四色牌，後來才打麻將。她輸錢，先輸自己的錢，再輸丈夫的錢。丈夫把錢管住了，她就欠，就借。有人要求，她也和人上床了。

「她先生不管她嗎？」

「管不了。」

「你真的只借錢給她？」

「對。」

「沒有做其他的事？」

「沒有。」

石世文捏著她的肩膀。

「等一下。」

林里美把石世文推開，坐起來，眼睛看著他。

「什麼事？」

石世文也坐起來。

「不要碰我。」

「為什麼？」

「真的沒有嗎？」

「真的沒有。」

「她沒有引誘你？」

「沒有。」

「奇怪。」

「……」

「你只借給他一次？」

「對。只有一次。」

「兩千元？」

「對。」

「真的只有一次？」

「只有一次。」

「她有沒有說什麼時候還給你？」

「她說會還給我。」

「以後就沒有再說要還你了？」

「沒有。」

「如果，她要和你上床，你會嗎？」

「不會。」

「真的不會？」

「不會。」

「那你就白白送給她兩千元了？」

「……」

「唉，錢是要不回來了，五千元加兩千元。」

林里美嘆了一口氣。

「對不起。」

「那麼多錢。」

「會影響到我們的生活？」

「目前是不會。不過……如果是我，我會和她上床。」

「為什麼？」

「我要撈本。」

「我們可以不想她嗎？」

石世文雙手捧著林里美的臉，吻她。

「我很不甘心。」

開始，林里美把臉移開，但一下就轉回來，再伸出舌頭，輕輕回應他。

他開始脫她的衣服。

「今天晚上不要做。」

「為什麼？」

「沒有心情……也太冷了。」

他把手伸到衣服裡面，摸她。

「不要脫衣服。」

「褲子呢？」

「也不要脫，我很累，你自己弄吧。」

她說，躺了下去。

日の丸弁當

「世文，很高興你來看我。」

呂秀好躺在病床上，看著他，聲音微弱。

病房裡，只有她一個人。她，臉頰已略微陷下去了，眼眶黑黑，頭髮掉了不少，稀疏、散亂，額頭的皺紋加深了。她微張著嘴，嘴唇往上翹，成山形。

「坐。」

石世文拉一下椅子，靠近床邊坐下。這是他第三次來醫院找她。他來了三次，都沒有碰到家人陪著她。

「我很臭。」

石世文有聞到，不過沒有回答她。

第一次，大概在半個月前，他來看她。她告訴他，壞事做太多，那地方爛掉了。現在，她的聲音比較微弱，話也短了。

「那只是一種病。」

「我是想見你。」

呂秀好伸手，拉了他的手。她的手細瘦，有點涼，手腕上有幾處瘀青，是針孔的痕跡，還插著管子。她的手，沒有力氣。

「很久了。」

她是指相識到現在。

「嗯，二十多年了。」

「很快。」

看來，她好像很想說話。

「我可以替妳做什麼？」

以前兩次，他也問過，不過她沒有要求。

「我想，想吃日の丸弁當。」

在戰時，石世文也吃過日の丸弁當。在飯盒裡，在白飯的中央放著一個梅干，看來像日本的國旗，日の丸。那時，米糧缺少，要吃白飯並不簡單，所以重點不在梅干，是在白飯。白飯、梅干，還有幾顆黑麻，實在很相配。

石世文立刻出去，找了幾家餐廳，白飯都有，卻找不到梅干。他再去雜貨店找，終於找到了一瓶梅干，放了一個在飯盒中央。

「秀好，看。」

「呃。」

她看了他一眼，眨眨眼睛，擠出一顆淚水。

「吃一點。」

石世文用筷子剔了一點梅干，挾住幾顆白米，又挾到她嘴邊。

「吃，不下。」

她伸出舌頭，舔了一下。

「想念它？」

「嗯。我，吃不下。」

「很累，休息一下。」

「世文，我叫你什麼？」

「壞巴。」

「還有？」

「弱虫。」

「還有？」

「梅干次郎。」

第二次，他來看她，她還有一點力氣，話也多一點。

她告訴他，在戰時，她最崇拜的是神風特攻隊。他說他也一樣。

「如果被選上特攻隊，你會怎樣？」

「我不大清楚，也許會哭。」

「弱虫，你很老實。」

「妳休息一下。」

「我太自負。」

呂秀好停了一下，好像在調整呼吸。

「我沒有真正了解……」

「妳太累了。」

「我累，有些話，我要說。」

呂秀好又調整了一下呼吸。

「特攻隊不是真正英雄。」

「我知道，很多人是被逼的。」

「會哭，才是真實的。」

石世文怕她越說越複雜，也越說越累，就站了起來。

「你要走了？」

「我會再來看妳。」

呂秀好和他同年，很久以來，他感覺，她比他優秀很多。她說日語，像日本人，現在還是那麼流利。

「梅干次郎。」

「什麼事？」

「我喜歡梅干。」

可是，她只舔了一下。

「還想吃什麼？」

「還畫畫？」

「畫一點。」

「畫我。」

「畫什麼？」

「畫我。」

「現在？」

「嗯。」

她輕輕的點頭，聲音也小。

石世文想起了一張畫〈卡蜜兒．莫內之死〉，是莫內畫他太太臨終的容貌。

他又想起另外的一張畫，是哥雅的自畫像。哥雅在七十多歲時生了一場大病，醫生醫好他。他很感激，畫了自己，也把醫生畫進去。他自己是一副疲憊的樣子，醫生拿一個玻璃杯，要他喝水，或吃藥。後面有幾個黑影，有人說是僕人或朋友，石世文感覺那是死的象徵。

應該畫哪一種？

莫內太太是死了，哥雅卻是重生。

哥雅為什麼畫這一張畫？生命是一種過程，病是一個段落，死是終結。死是別人畫的。畫家無法畫自己的臨終。

現在，呂秀好要他畫她，畫她病重的樣子。重病也有機會活下去，死的卻不能再活過來。

呂秀好是不是已預期到死？哥雅畫了那一張畫之後，又活了八年，到八十二歲。呂秀好，如果現在死去，只活四十歲，一定有很多不甘心。不過，石世文看過更小的死，一個小女孩的死，阿子的死，阿子是里美的姊姊，只活了幾歲。

石世文替人畫過畫像，以前都畫遺像。現在，因為他還沒有那麼有名，只畫一些認識的人。可以說，只畫一些小人物。

「畫我，畫……」

呂秀好有央求的意味。

「我出去買紙筆。」

「畫、我、喔……」

她似乎還不放心，也不肯放手。

「妳放手，我馬上回來。」

石世文回來，呂秀好已睡著了。

他先畫她的睡姿，再畫一張睜開眼的樣子，就是剛才醒著的樣子，不過把眼睛畫大一點。

呂秀好慢慢睜開眼睛，看了他，好像一時反應不過來。

「你……」

「我是世文，我在畫妳。」

「畫，畫我……」

「對。」

「畫，畫我……」

「對。」

「給，給我看。」

石世文拿了第一張給她看。

「死了……」

「不，睡著了。」

石世文拿了第二張。

「醜。百步蛇……」

她是指自己的嘴唇，露出一點無力的笑。

石世文是有這種感覺，呂秀好似乎也有同樣的想法。在平地，一般人都怕百步蛇。不過，有些山地人，卻崇拜牠，把牠做成圖騰。

「我把嘴唇畫低一點。」

「那，不像……」

「這樣，滿意嗎？」

石世文再加了幾筆。

「好，謝……」

「那我回去了。」
「再，再來，嗎？」
「我會。」
石世文把畫留在床邊。
「我死，會用這一張……」
要做她的遺像嗎？
「很臭……」
「……」
「摸我……」
石世文摸了摸她的臉，摸了她的頭。
「這……」
她用下巴指著，放在胸部的手動了一下。
他把手放在她的手上。
「弱，虫……」
石世文伸手進去，摸到了她的胸部。
「乾淨，高興……」
她的眼眶已紅了，淚水也擠出來了。

「簽……」

她要他簽名。

簽什麼名字？他簽了「梅干次郎」，指給她看。

她笑了一下，那麼無力。

過了四天，呂秀好死在醫院裡。依照習慣，一般人都要運回家裡讓她斷氣，她卻死在醫院裡，並在那裡焚化。

告別式，參加的人很少。石世文沒有被邀請，不過他有去靈堂看了一下。

靈堂上掛的，不是他畫的畫，是一張用一般相片放大的肖像。

附錄　鄭清文手稿

（未刊稿，鄭清文家屬提供）

陸梅伶從公所打電話給林里美。陸梅伶問她什麼一個私事了。

西片

「里美，晚上有空嗎？我們去吃西片。」

陸梅伶今天穿的紹模素，是淺灰色的套裝，白襯衫。董朝民走後已一個月了，這些日子，陸梅伶天天穿著大紅、大綠、大黃橙色的衣服，顏色鮮艷，甚至可以說已到了野俗的地步。不管這些顏色怎麼配，林里美總感覺到不自然，甚至有不舒服的感覺。

有一次，有人打電話來找陸梅伶，林里美去洗手間找她，沒有；再到二樓也沒有，再到三樓。她看到陸梅伶一個人站在窗邊抽煙。

公所在舊市區，是些舊式房子，只有三樓，其實三樓也只有前段。

「我沒有抽，只是吹吹。」

陸梅伶輕輕地一笑。

「為什麼呢？」

林里美在心裡想著。

前些日子，鄭小虹常常撕信封，唰唰唰。

「狗屎。」

有一次，陸梅伶寫錯了信封，就唰地把它撕掉。那以後，手有空，也會拿一些空白的信封唰唰唰地撕起來。

「有電話。」

「找我嗎？」

「不是。」

如果不是，林里美會代她回答。一般都是查存款餘額。

「總務小姐的電話。」

林里美常常接到錢小姐的電話，人並沒有見過。

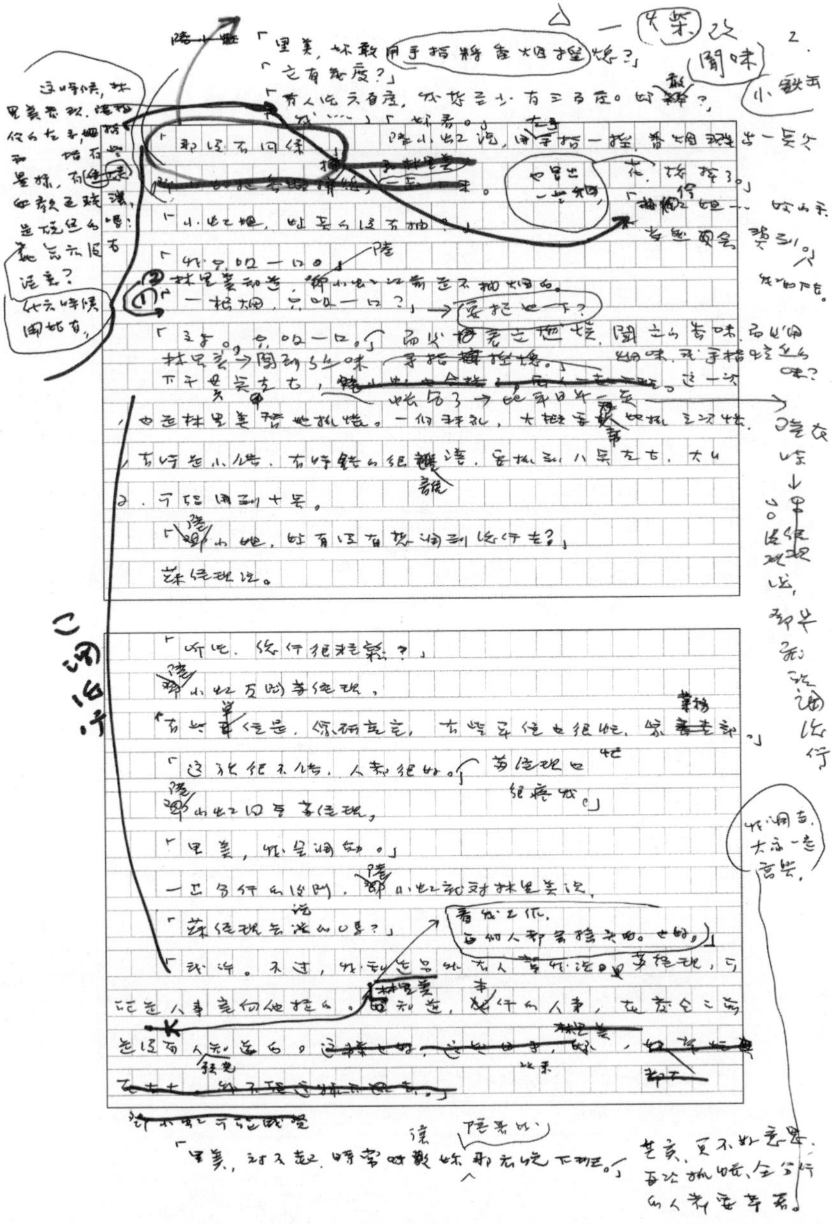

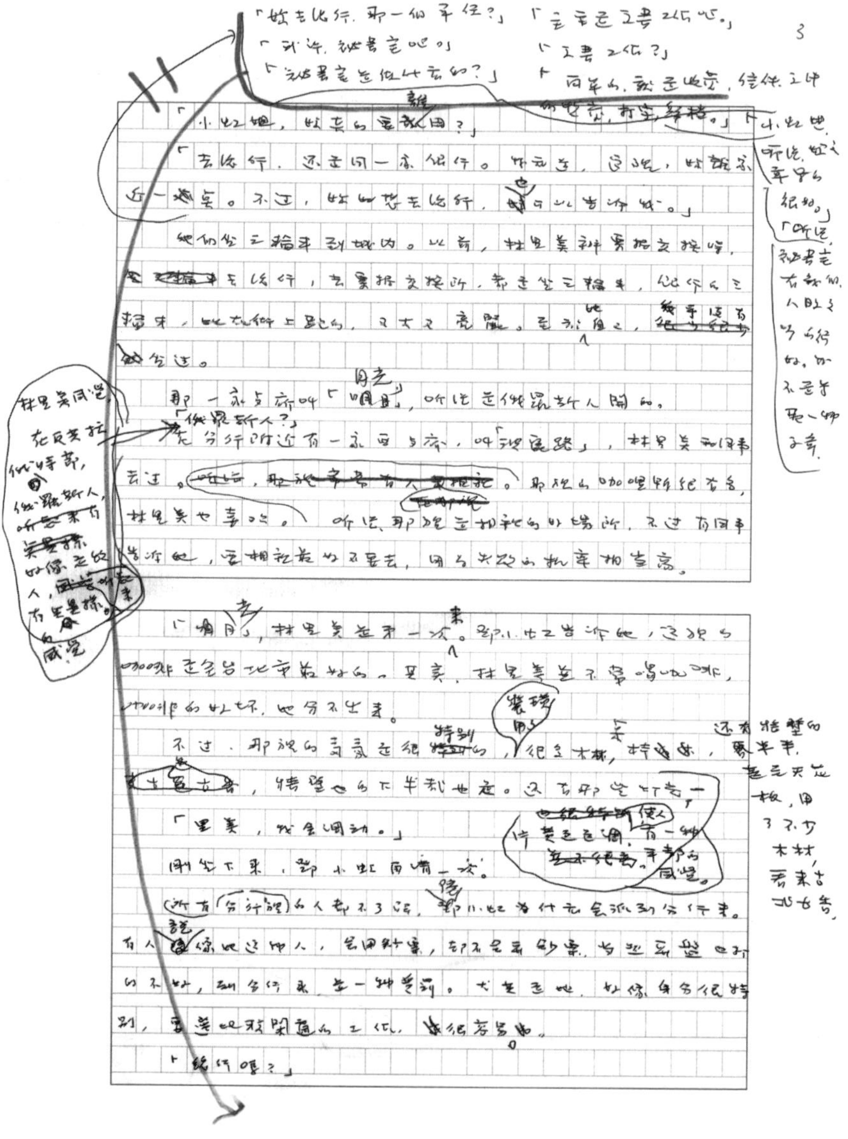

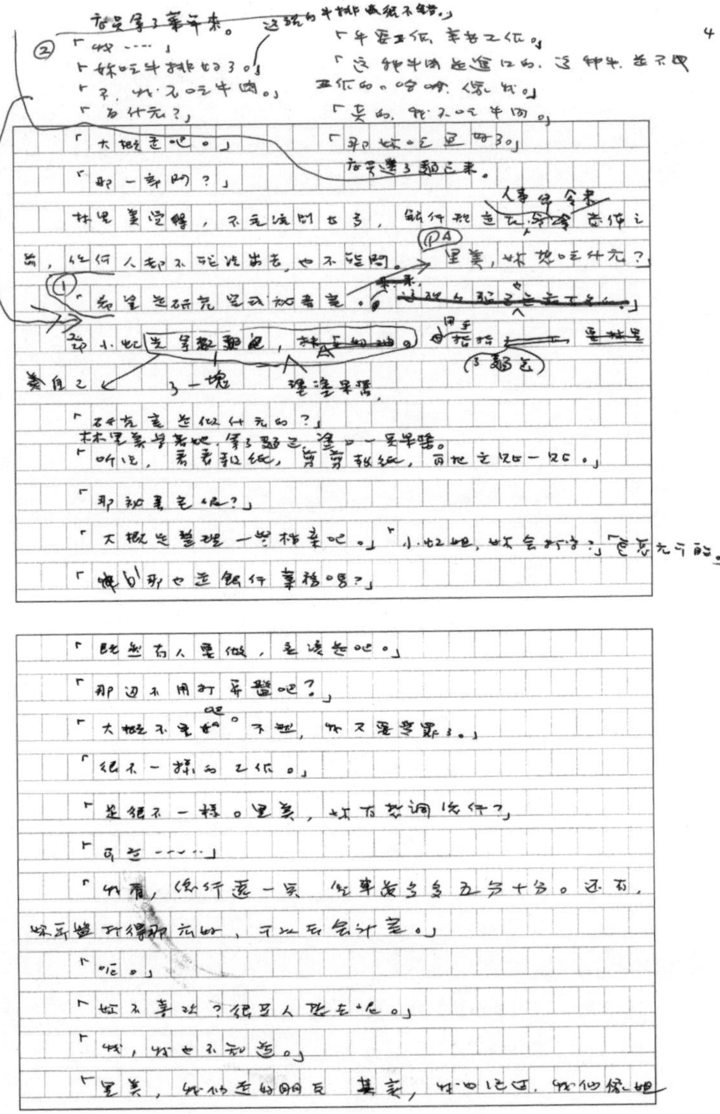

4

②「我……」

「妳吃牛排好了。」

「不，我不吃牛肉。」

「為什麼？」

「牛要工作，幫我們工作。」

「這種牛肉是進口的，這種牛並不用工作的。哈哈，傻瓜。」

「是的，我不吃牛肉。」

「大概是吧。」

「那妳吃豆腐好了。」

「那一部門？」

林里美覺得，不是該問太多，總經理說這些之前，任何人都不能洩出去，也不能問。

①「希望是研究室或秘書室。」

「研究室是做什麼的？」

「聽說，看看報紙，剪剪報紙，再把它貼一貼。」

「那秘書室呢？」

「大概是整理一些檔案吧。」「小虹姐，妳會打字？」

「她們那也是總經理的事務嗎？」

「既然有人要做，就讓她吧。」

「那邊不用打算盤吧？」

「大概不要吧。不然，我又要學罷了。」

「很不一樣的工作。」

「是很不一樣。里美，妳有想過什麼？」

「可是……」

「我看，你們這一家，全部共多五分十分。還有，妳算盤打得那麼好，可以去會計室。」

「呃。」

「妳不喜歡？很多人想去呢。」

「我，我也不知道。」

「里美，我們是好朋友，其實，我也說過，我們保姆

5

妹，我們在同一個銀行，隨時可以打電話，妳在別的行，也可以來看妳。我們還可以常常約會。有的事，也可以打電話給妳，跟黃股長的事，如果，妳到你行來，那最好，我們可以常常見面，也可以一起吃飯。」

「小姐姐，有一件事，我想請教妳。」

「妳就說吧，不要說請教。」

改：抱自動

「不過又他……」 → 問他有男朋友 握手

「他又怎樣了？」

「我不想和他……」

「妳想分手？」

「我怕，和他在一起，我很不自在。」

「他對妳怎樣了？」

「他碰我的胸部。」

「摸妳的胸部？」

「不，只碰到，也許不是故意的。」

「我問妳，妳有喜歡他？」

「不討厭。」

「妳說明白一點。」

「我有喜歡。」

「很喜歡？」

「……」

「如果妳喜歡，讓他摸摸胸部又怎樣？」

「我怕。」

「怕什麼？」

2015.2.26

900下

家庭會議

出

月光餐廳

燻黑

戴小虹調到總行以後，第二次約林里美過去吃飯。地點同樣是「月光」西餐廳。

燻黑

這個餐廳，好像整個房間都是木頭，　的木頭，天花板、牆、桌子、椅子都是。

燻

戴小虹告訴她，「月光」是德國餐廳，那裡最有名的是各種香腸、豬腳PX和咖啡。

以前林里美沒有喝過咖啡。戴小虹教她喝咖啡的方法。如何加糖，加多少，如何加牛奶，加多少，如何攪拌，攪拌之後，湯匙不能放在咖啡杯裡，要放在碟上。

「妳和他去看過電影了？」

「嗯，看過了。」

「看幾次？」

「一次。只有一次。」

「怎麼搞的，只一次？」

「我不知道怎麼再約他。」

「不是約過一次了，照約就好了。」

「可是……」

「你們看了什麼電影？」

「宮本武藏。」

「不是有三集？」

「第三集還沒有演，我們以前各自看了第一集，所以這一次，只看第二集。」

「我很喜歡阿通那個角色。」

「妳也看過？日本片？」

「日本已經輸了，我不全面反日。我喜歡那種彩色。我也很喜歡阿通。她很柔，卻不容易屈服。」

「那一次，我很緊張，好像什麼都沒有看到。」

「妳不是說，有看過第一集嗎？」

「……」

「如果妳是阿通，他是宮本武藏……不行，宮本武藏只知道修道學藝。」

「宮本武藏並不是一個懂感情的男人？」

「他有沒有拉妳的手？」

「沒有。」

「怪不得。妳喜歡他嗎？」

「不討厭他。」

「妳膽子小，他也膽子小。沒有火花。」

「什麼？」

「沒有熱度，撞不出火花。」

「我們是鄰居，」

「你們的關係有一點像阿通他們，是青梅竹馬？」

「不是。小時候有講過話，大了，就不講話了。小鎮上，就是這樣。」

「妳對他有什麼印象？」

「現在？小時候？」

「都可以……」

「小時候，就是戰爭末期，物資缺乏。我們家本來有做肉脯，因為戰爭，豬肉配給，我們改做蜜餞，做冬瓜糖柚和桔餅。他去撿，也可以說去收柚子皮，來換柚子糖，他還分給我。」

「妳是說，妳家做的柚子糖，他還給妳？」

「我們家人都不吃。」

「捨不得吃？」

「嗯。」

「妳印象很深，現在還記得？」

「嗯。那時候，我們還一起玩過。」

「他是一個膽子小的人。膽子小的人，不能做大事，大好事和大壞事。妳會喜歡這種人？」

「我不知道。」

「我有一個朋友，女的朋友，在師範學院碰到他⋯⋯」

「現在已改為師範大學了。」

「對，對。已改成師範大學了。我有一個朋友，女性朋友，裝作學生，等他下課，和他一起上車，因為下課時間，人多車擠，我的朋友擠到他身邊，先是擠他一下，他沒有反應，再拉他的手，他⋯⋯」

「他有什麼反應？」

「沒有反應，讓她拉他的手。」

「一直到下車？」

「她再進一步，用身體擠他⋯⋯」

「呃。」

「他依然沒有反應。他就是這樣一個人。宮本武藏不懂女人，他也好像不懂女人。我那個朋友，是個標準的女人喔。」

戴小虹是什麼人？林里美想起，童朝民發生事故那天，很多辦案人員去分行辦案，那個帶隊的，還對她客客氣氣的問候。她是什麼人？可以叫人做那種事。還有，她想調總行，很快就調了。她到底是什麼人？

「里美，妳在想什麼？湯來了，喝湯呀，要小心，不要燙到。」

「小虹姐，我，我有一點怕。」

「有什麼好怕的？不喜歡就不再想他，喜歡，就積極一點，向阿通學習。像阿通那麼積極，還不一定成功呢。」

香腸來了，有五種，也就是說有五根，不同的顏色，不同的粗度，~~不同的長度。~~

「吃東西的方法，很重要的一點，就是如何用~~刀叉~~。歐洲人，右手拿刀，左手拿叉子，一邊切，一邊吃。美國人，右手拿刀，先切好，再用右手拿叉子。妳看，就是這樣。」

戴小虹，左手拿叉子叉住一根香腸，比較粗的一根，切了三分之一，繼續用左手~~叉起來吃。~~

「我喜歡歐洲的方式，又方便，又雅觀。這是佐醬，我喜歡抹一點芥末。還有醬菜，也是德國餐的特色。」

林里美學著戴小虹，想用叉子叉住和戴小虹選的同一根香腸，叉

國家圖書館出版品預行編目資料

紅磚港坪：鄭清文短篇連作小說集. 1 / 鄭清文著. -- 初版. --
臺北市：麥田出版：家庭傳媒城邦分公司發行, 2018.12
面； 公分. --（鄭清文短篇小說全集；9）

ISBN 978-986-344-605-7（平裝）

857.63 107018953

鄭清文短篇小說全集 9

紅磚港坪——鄭清文短篇連作小說集(1)（日治・殖民篇）

作　　者　鄭清文
原稿提供　鄭谷苑　丁士欣
責任編輯　林秀梅
校　　對　鄭谷苑　丁士欣　許素蘭　林秀梅　吳淑芳

版　　權　吳玲緯　蔡傳宜
行　　銷　艾青荷　蘇莞婷
業　　務　李再星　陳玫潾　陳美燕　馮逸華
副總編輯　林秀梅
編輯總監　劉麗真
總 經 理　陳逸瑛
發 行 人　涂玉雲

出　　版　麥田出版
104台北市民生東路二段141號5樓
電話：(886)2-2500-7696　傳真：(886)2-2500-1967
發　　行　英屬蓋曼群島商家庭傳媒股份有限公司城邦分公司
104台北市民生東路二段141號11樓
書虫客服服務專線：(886)2-2500-7718、2500-7719
24小時傳真服務：(886)2-2500-1990、2500-1991
服務時間：週一至週五09:30-12:00・13:30-17:00
郵撥帳號：19863813　戶名：書虫股份有限公司
讀者服務信箱E-mail：service@readingclub.com.tw
麥田部落格：http://ryefield.pixnet.net/blog
麥田出版Facebook：https://www.facebook.com/RyeField.Cite/

香港發行所　城邦（香港）出版集團有限公司
香港灣仔駱克道193號東超商業中心1樓
電話：(852) 2508-6231　傳真：(852) 2578-9337
E-mail：hkcite@biznetvigator.com

馬新發行所　城邦（馬新）出版集團【Cite(M) Sdn. Bhd. (458372U)】
41, Jalan Radin Anum, Bandar Baru Sri Petaling,
57000 Kuala Lumpur, Malaysia.
電話：(603)9057-8822
傳真：(603)9057-6622
E-mail：cite@cite.com.my

書封設計　黃暐鵬
電腦排版　宸遠彩藝有限公司
印　　刷　前進彩藝有限公司

初版一刷　2018年12月04月

定價／400元
ISBN：978-986-344-605-7
城邦讀書花園
www.cite.com.tw